The Monk and the Mouse

The Monk and the Mouse

A Story in Simplified Chinese and Pinyin
Includes English Translation

Book 27 of the *Journey to the West* Series

Written by Jeff Pepper
Chinese Translation by Xiao Hui Wang

Based on chapters 80 – 83 of the original
Chinese novel *Journey to the West* by Wu Cheng'en

Published in the United States by Imagin8 Press LLC, Verona, Pennsylvania, US. For information, contact us via email at info@imagin8press.com or visit www.imagin8press.com.

Our books may be purchased directly in quantity at a reduced price, visit our website www.imagin8press.com for details.

Imagin8 Press, the Imagin8 logo and the sail image are all trademarks of Imagin8 Press LLC.

Written by Jeff Pepper
Chinese translation by Xiao Hui Wang
Cover design by Katelyn Pepper and Jeff Pepper
Book design by Jeff Pepper
Artwork by Next Mars Media, Luoyang, China
Audiobook narration by Junyou Chen

Based on the original 16th century Chinese novel by Wu Cheng'en

ISBN: 978-1952601934
Version 04

Acknowledgements

We are deeply indebted to the late Anthony C. Yu for his incredible four-volume translation, *The Journey to the West* (University of Chicago Press, 1983, revised 2012).

We have also referred frequently to another unabridged translation, William J.F. Jenner's *The Journey to the West* (Collinson Fair, 1955; Silk Pagoda, 2005), as well as the original Chinese novel 西游记 by Wu Cheng'en (People's Literature Publishing House, Beijing, 1955). And we've gathered valuable background material from Jim R. McClanahan's *Journey to the West Research Blog* (www.journeytothewestresearch.com).

And many thanks to the team at Next Mars Media for their terrific illustrations, Jean Agapoff for her careful proofreading, and Junyou Chen for his wonderful audiobook narration.

Audiobook

A complete Chinese language audio version of this book is available free of charge. To access it, go to YouTube.com and search for the Imagin8 Press channel. There you will find free audiobooks for this and all the other books in this series.

You can also visit our website, www.imagin8press.com, to find a direct link to the YouTube audiobook, as well as information about our other books.

Preface

Here's a summary of the events of the previous books in the Journey to the West *series. The numbers in brackets indicate in which book in the series the events occur.*

Thousands of years ago, in a magical version of ancient China, a small stone monkey is born on Flower Fruit Mountain. Hatched from a stone egg, he spends his early years playing with other monkeys. They follow a stream to its source and discover a secret room behind a waterfall. This becomes their home, and the stone monkey becomes their king. After several years the stone monkey begins to worry about the impermanence of life. One of his companions tells him that certain great sages are exempt from the wheel of life and death. The monkey goes in search of these great sages, meets one and studies with him, and receives the name Sun Wukong. He develops remarkable magical powers, and when he returns to Flower Fruit Mountain he uses these powers to save his troop of monkeys from a ravenous monster. *[Book 1]*

With his powers and his confidence increasing, Sun Wukong manages to offend the underwater Dragon King, the Dragon King's mother, all ten Kings of the Underworld, and the great Jade Emperor himself. Finally, goaded by a couple of troublemaking demons, he goes too far, calling himself the Great Sage Equal to Heaven and sets events in motion that cause him some serious trouble. *[Book 2]*

Trying to keep Sun Wukong out of trouble, the Jade Emperor gives him a job in heaven taking care of his Garden of Immortal Peaches, but the monkey cannot stop himself from eating all the peaches. He impersonates a great Immortal and crashes a party in Heaven, stealing the guests' food and drink and barely escaping to his loyal troop of monkeys back on

Earth. In the end he battles an entire army of Immortals and men, and discovers that even calling himself the Great Sage Equal to Heaven does not make him equal to everyone in Heaven. As punishment, the Buddha himself imprisons him under a mountain. *[Book 3]*

Five hundred years later, the Buddha decides it is time to bring his wisdom to China, and he needs someone to lead the journey. A young couple undergo a terrible ordeal around the time of the birth of their child Xuanzang. The boy grows up as an orphan but at age eighteen he learns his true identity, avenges the death of his father and is reunited with his mother. Xuanzang will later fulfill the Buddha's wish and lead the journey to the west. *[Book 4]*

Another storyline starts innocently enough, with two good friends chatting as they walk home after eating and drinking at a local inn. One of the men, a fisherman, tells his friend about a fortuneteller who advises him on where to find fish. This seemingly harmless conversation between two minor characters triggers a series of events that eventually costs the life of a supposedly immortal being and causes the great Tang Emperor himself to be dragged down to the underworld. He is released by the Ten Kings of the Underworld but is trapped in hell and only escapes with the help of a deceased courtier. *[Book 5]*

Barely making it back to the land of the living, the Emperor selects the young monk Xuanzang to undertake the journey, after being influenced by the great bodhisattva Guanyin. The young monk sets out on his journey. After many difficulties his path crosses that of Sun Wukong, and the monk releases him from his prison under a mountain. Sun Wukong becomes the monk's first disciple. *[Book 6]*

As their journey gets underway, they acquire three more

companions. First, a mysterious river-dwelling dragon who transforms into a white horse. *[Book 7]* Next, the pig-man Zhu Bajie, the embodiment of stupidity, laziness, lust and greed. In his previous life, Zhu was the Marshal of the Heavenly Reeds, but the Jade Emperor banished him to earth. He plunged from heaven to earth, ended up in the womb of a sow, was reborn as a man-eating pig monster, married to a farmer's daughter, fought with Sun Wukong, and ended up joining and becoming the monk's second disciple. *[Book 8]* And finally they meet Sha Wujing, who was once the Curtain Raising Captain but was banished from heaven by the Yellow Emperor for breaking an extremely valuable cup during a drunken visit to the Peach Festival. *[Book 9]*

As they travel westward, Heaven puts obstacles in their path. They arrive at a secluded mountain monastery which turns out to be the home of a powerful master Zhenyuan and an ancient and magical ginseng tree. As usual, the travelers' search for a nice hot meal and a place to sleep quickly turns into a disaster. Zhenyuan has gone away for a few days and has left his two youngest disciples in charge. They welcome the travelers, but soon there are misunderstandings, arguments, battles in the sky, and before long the travelers are facing a powerful and extremely angry adversary, as well as mysterious magic fruits and a large frying pan full of hot oil. *[Book 10]*

Next, Tangseng and his band of disciples come upon a strange pagoda in a mountain forest. Inside they discover the fearsome Yellow Robed Monster who is living a quiet life with his wife and their two children. Unfortunately the monster has a bad habit of ambushing and eating travelers. The travelers find themselves drawn into a story of timeless love and complex lies as they battle for survival against the monster and his allies. *[Book 11]*

The travelers arrive at level Top Mountain and encounter their most powerful adversaries yet: Great King Golden Horn and his younger brother Great King Silver Horn. These two monsters, assisted by their elderly mother and hundreds of well-armed demons, attempt to capture and liquefy Sun Wukong, and eat the Tang monk and his other disciples. *[Book 12]*

Resuming their journey the monk and his disciples stop to rest at a mountain monastery in Black Rooster Kingdom. Tangseng is visited in a dream by someone claiming to be the ghost of a murdered king. Is he telling the truth or is he actually a demon in disguise? Sun Wukong offers to sort things out with his iron rod. But things do not go as planned. *[Book 13]*

Tangseng and his three disciples encounter a young boy hanging upside down from a tree. They rescue him only to discover that he is really Red Boy, a powerful and malevolent demon and, it turns out, Sun Wukong's nephew. The three disciples battle the demon but soon discover that he can produce deadly fire and smoke which nearly kills Sun Wukong. *[Book 14]*

Leaving Red Boy with the bodhisattva Guanyin, the travelers continue to the wild country west of China. They arrive at a strange city where Daoism is revered and Buddhism is forbidden. Sun Wukong gleefully causes trouble in the city, and finds himself in a series of deadly competitions with three Daoist Immortals. *[Book 15]*

Later, the travelers encounter a series of dangerous demons and monsters, including the Great Demon King who demands two human sacrifices each year *[Book 16]*, and a monster who uses a strange and powerful weapon to disarm and defeat the disciples. *[Book 17]*

Springtime comes and the travelers run into difficulties and temptations in a nation of women and girls. Tangseng and Zhu become pregnant after drinking from the Mother and Child River. Then Tangseng is kidnapped by a powerful female demon who takes him to her cave and tries to seduce him. *[Book 18]*

Continuing their journey, Tangseng has harsh words for the monkey king Sun Wukong. His pride hurt, Sun Wukong complains to the Bodhisattva Guanyin and asks to be released from his service to the monk. She refuses his request. This leads to a case of mistaken identity and an earthshaking battle. *[Book 19]* Then the travelers find their path blocked by a huge blazing mountain eight hundred miles wide. Tangseng refuses to go around it, so Sun Wukong must discover why the mountain is burning and how they can cross it. *[Book 20]*

Three years after an evil rainstorm of blood covers a city and defiles a beautiful Buddhist monastery, Tangseng and his three disciples arrive. This leads to an epic underwater confrontation with the All Saints Dragon King and his family. And later, Tangseng is trapped in a vast field of brambles by a group of poetry loving but extremely dangerous nature spirits. *[Book 21]*

Later, Tangseng sees a sign, "Small Thunderclap Monastery," and foolishly thinks they have reached their goal. Sun Wukong sees through the illusion, but the false Buddha in the monastery traps him between two gold cymbals and plans to kill his companions. Escaping that, the travelers find their path blocked by a giant snake and a huge pile of slimy and foul-smelling rotting fruit. *[Book 22]*

Continuing on their journey, they meet the king of Scarlet Purple Kingdom. The king is gravely ill, sick with grief over the loss of one of his wives who was abducted by a nearby demon king. Sun Wukong pretends to be a doctor and attempts to cure the king with a treatment not found in any medical textbook. Then he goes to rescue the imprisoned queen, leading to an earth-shaking confrontation with the demon king. *[Book 23]*

Tangseng goes alone to beg some food at the home of some beautiful and seemingly gentle young women. He soon finds out that they are far from gentle. Trapped in their web, he waits to be cooked and eaten while his three disciples attempt to rescue him by confronting the spider demons, a horde of biting insects, and a mysterious Daoist alchemist. *[Book 24]*

Later, the travelers meet a trio of powerful demons: a blue-haired lion, an old yellow-tusked elephant, and a huge terrifying bird called Great Peng. They try but fail to defeat the three demons. Finally, with nowhere else to turn, Sun Wukong goes to Spirit Mountain to beg help from the Buddha himself. *[Book 25]*

Tangseng and his disciples arrive at the capital of Bhiksu Kingdom and learn that it's been renamed "Boytown" because over a thousand little boys have been locked in cages in front of their homes. When they learn what fate awaits these children, Sun Wukong arranges to get them safely out of the city. Then he and the others unravel a plot devised by two demons who, disguised as a Daoist master and his lovely daughter, have beguiled the king. They must defeat the demon, release the king from his spell, and save the children. *[Book 26]*

Afterwards, they continue their journey to the west…

The Monk and the Mouse
和尚和老鼠[1]

---

[1]老鼠　　lǎoshǔ – mouse

Dì 80 Zhāng

Wǒ qīn'ài de háizi, zài zuó wǎn de gùshì zhōng, wǒ gěi nǐ jiǎng le lìng yígè guānyú fójiào héshang Tángsēng hé tā de sān gè túdì de gùshì. Zài tāmen qù xīfāng de cháng cháng de lǚtú shàng, tāmen fāxiàn tāmen zài Bǐqiū Wángguó. Zài nàlǐ, tāmen kàndào yìqiān duō míng xiǎo háizi bèi kùn zài lóngzi lǐ. Tāmen zhǐ néng hé yígè xiǎng yào shānghài háizi de xié'è móguǐ zhàndòu. Sì wèi yóurén dǎbài le móguǐ, jiù le háizimen. Ránhòu tāmen jìxù xīyóu xiàng Yìndù zǒu qù.

Dōngtiān biàn chéng le chūntiān, chūntiān biàn chéng le xiàtiān. Tiānqì hěn nuǎn, kěyǐ kàndào bùtóng yánsè de huāduǒ.

Yǒu yìtiān, tāmen kàndào zhè tiáo lù bèi yízuò gāoshān dǎngzhù le. Tángsēng shuō, "Túdìmen, wǒmen yídìng yào xiǎoxīn, zhè shānshàng kěnéng yǒu yāoguài jīng."

Sūn Wùkōng, yěshì hóu wáng, yěshì Tángsēng de dà túdì, shuō

第 80 章

我亲爱的孩子，在昨晚的故事中，我给你讲了另一个关于佛教和尚<u>唐僧</u>和他的三个徒弟的故事。在他们去西方的长长的旅途上，他们发现他们在<u>比丘</u>王国。在那里，他们看到一千多名小孩子被困在笼子里。他们只能和一个想要伤害孩子的邪恶魔鬼战斗。四位游人打败了魔鬼，救了孩子们。然后他们继续西游向<u>印度</u>走去。

冬天变成了春天，春天变成了夏天。天气很暖，可以看到不同颜色的花朵。

有一天，他们看到这条路被一座高山挡住了。<u>唐僧</u>说，"徒弟们，我们一定要小心，这山上可能有妖怪精。"

<u>孙悟空</u>，也是猴王，也是<u>唐僧</u>的大徒弟，说

dào, "Shīfu, nǐ tīng qǐlái bú xiàng yígè zhēn de yóurén. Nǐ tīng qǐlái xiàng yígè zhù zài jǐng lǐ kàn tiānkōng de rén. Qǐng jìzhù, měi zuò shān dōu yǒu yìtiáo chuānguò tā de lù. Wǒ lái kàn kàn." Tā shǒu lǐ názhe jīn gū bàng, tiào dào yíkuài gāo gāo de shítou shàng, kàn le sìzhōu.

Tā kàndào shāndǐng shàng dōu shì yúnwù. Tā tīngdào le dà pùbù hé xiǎo xī de shuǐliú shēng. Tā wéndào le huāxiāng hé song shù, liǔ shù hé táo shù de wèidào. Tā gèng zǐxì de kàn le kàn, kàndào yìtiáo wéizhe shān xiàngshàng zǒu de xiázhǎi xiǎolù. Tā jiào lái Tángsēng hé lìngwài liǎng gè túdì, tāmen yìqǐ zǒu shàng nà tiáo wéizhe shān de xiǎolù.

Bùjiǔ, tāmen lái dào le yípiàn jùdà de hēi'àn de song shù lín. Tángsēng hěn dānxīn. Tā shuō, "Wùkōng, wǒmen yídìng yào chuānguò zhè piàn hēi'àn de sēnlín ma? Wǒmen bìxū xiǎoxīn!"

"Yǒu shénme kěyǐ hàipà de?" Sūn Wùkōng wèn.

Tángsēng huídá shuō, "Gǔrén shuō, 'Xiǎoxīn nàxiē kàn shàngqù hǎo

道，"师父，你听起来不像一个真的游人。你听起来像一个住在井里看天空的人。请记住，每座山都有一条穿过它的路。我来看看[2]。"他手里拿着金箍棒，跳到一块高高的石头上，看了四周。

他看到山顶上都是云雾。他听到了大瀑布和小溪的水流声。他闻到了花香和松树、柳树和桃树的味道。他更仔细地看了看，看到一条围着山向上走的狭窄小路。他叫来<u>唐僧</u>和另外两个徒弟，他们一起走上那条围着山的小路。

不久，他们来到了一片巨大的黑暗的松树林。<u>唐僧</u>很担心。他说，"<u>悟空</u>，我们一定要穿过这片黑暗的森林吗？我们必须小心！"

"有什么可以害怕的？"<u>孙悟空</u>问。

<u>唐僧</u>回答说，"古人说，'小心那些看上去好

---

[2] There is an old Chinese proverb about an ignorant frog who has lived his entire life at the bottom of a well. He brags to his friends that he has seen the entire world, but all he has really seen is a tiny sliver of sky just above the well.

xīn de xié'è.' Wǒmen zǒuguò xǔduō sēnlín, dàn wǒmen cónglái méiyǒu jiànguò xiàng zhèyàng dà de sēnlín.

Cóng dōng dào xī kàn shù,

Tāmen zhí dào yún shēn chù

Cóng běi dào nán kàn shù,

Tāmen pèngdào shàngmiàn de tiānkōng

Nǐ kěyǐ zài zhège sēnlín lǐ tíngliú bànnián

Bù zhīdào yuèliang shì búshì zài tiānkōng zhōng

Nǐ kěyǐ zài zhège sēnlín lǐ zǒu hěnduō lǐ lù

Yǒngyuǎn kànbúdào xīngxīng

Yǒu yí wàn nián de shù

Nàme duō, lián shénxiān dōu huà bù chū tāmen

Tīng niǎo er men, tāmen jiàozhe, tiàozhe, chàngzhe

Kàn dà shòu yáozhe wěibā

Lǎohǔ lùchū yáchǐ

Lǎo húlí kàn qǐlái xiàng fùrén

Kōngqì zhōng dōu shì huī láng de kū shēng

Rúguǒ tiānwáng lái dào zhèlǐ

Tā kěnéng huì dǎbài móguǐ, dàn tā méiyǒu bànfǎ dǎbài zhè piàn sēnlín!"

心的邪恶。'我们走过许多森林，但我们从来没有见过像这样大的森林。

从东到西看树，

它们直到云深处

从北到南看树，

它们碰到上面的天空

你可以在这个森林里停留半年

不知道月亮是不是在天空中

你可以在这个森林里走很多里路

永远看不到星星

有一万年的树

那么多，连神仙都画不出它们

听鸟儿们，它们叫着，跳着，唱着

看大兽摇着尾巴

老虎露出牙齿

老狐狸看起来像妇人

空气中都是灰狼的哭声

如果天王来到这里

他可能会打败魔鬼，但他没有办法打败这片森林！"

Dàn Sūn Wùkōng bú hàipà. Tā dàizhe Tángsēng hé qítā túdì chuānguò sēnlín. Tāmen zǒu le bàntiān hòu, Tángsēng shuō tā xiǎng xiūxi yíxià. Tā ràng Sūn Wùkōng qù yào yìxiē sùshí.

Sūn Wùkōng yòng jīndǒu yún tiào shàng le tiānkōng. Kàn le sìzhōu, tā kàndào Tángsēng tóushàng yǒu yípiàn jíxiáng de yún. Tā xiǎng, "Zhè hěn hǎo. Wǔbǎi nián qián, wǒ zài tiāngōng zhōng zhǎo le dà máfan. Wǒ qùguò dìqiú de sì gè jiǎoluò. Wǒ gěi le zìjǐ yígè míngzì, jiào Qí Tiān Dà Shèng. Wǒ cóng Shēngsǐ Bù zhōng qùdiào le wǒ de míngzì. Wǒ shì yígè móguǐ wáng, wǒ yǒu 47,000 gè móguǐ wéi wǒ gōngzuò. Ò, shìde, zài nàxiē rìzi lǐ, wǒ zhēnde hěn yǒumíng! Dàn xiànzài wǒ shì dà Táng héshang de túdì. Kàn kàn wǒ shīfu tóudǐng shàng de zhèxiē jíxiáng de yún. Wǒ xiāngxìn zài zhè cì lǚtú zhōng, yíqiè dōu huì hǎo qǐlái de."

Jiù zài zhè shí, tā kàndào yìxiē hēi yún cóng sēnlín de nánfāng shàngkōng chūlái. "Nàxiē hēi yún biǎoshì nà lǐ yǒu shénme xié'è de dōngxi," tā xiǎng. Tā zǐxì kàn le kàn, dàn kàn bù chū hēi yún shì cóng nǎlǐ lái de.

但孙悟空不害怕。他带着唐僧和其他徒弟穿过森林。他们走了半天后，唐僧说他想休息一下。他让孙悟空去要一些素食。

孙悟空用筋斗云跳上了天空。看了四周，他看到唐僧头上有一片吉祥的云。他想，"这很好。五百年前，我在天宫中找了大麻烦。我去过地球的四个角落。我给了自己一个名字，叫齐天大圣。我从生死簿中去掉了我的名字。我是一个魔鬼王，我有 47,000 个魔鬼为我工作。哦，是的，在那些日子里，我真的很有名！但现在我是大唐和尚的徒弟。看看我师父头顶上的这些吉祥的云。我相信在这次旅途中，一切都会好起来的。"

就在这时，他看到一些黑云从森林的南方上空出来。"那些黑云表示³那里有什么邪恶的东西，"他想。他仔细看了看，但看不出黑云是从哪里来的。

---

³ 表示　　　　biǎoshì – to indicate

Jiù zài zhè shí, Tángsēng hé lìngwài liǎng gè túdì zhèngzài dìshàng děngzhe. Zhū rén Zhū Bājiè hé ānjìng de dà gèzi Shā Wùjìng sìchù zǒuzhe, zhǎo xiānhuā hé shuǐguǒ. Tángsēng zuòzhe, xīn lǐ niàn zhe fó. Tūrán, Tángsēng tīng dào yǒurén hǎn dào, "Jiù jiù wǒ!"

"Nà shì shuí?" Tángsēng wèn. Tā zhàn le qǐlái, xiàng shēngyīn de fāngxiàng zǒu qù. Tā zǒuguò qiānnián de bǎi shù hé gǔlǎo de sōng shù. Hěn kuài, tā kàndào yígè niánqīng nǚrén bèi bǎng zài yì kē shù shàng. Tā de shàngbànshēn bèi téngwàn bǎng zài shù shàng, xiàbànshēn mái zài dì lǐ. Tángsēng wèn tā, "Nǚ púsà, nǐ wèishénme bèi bǎng zài zhèlǐ? Nǐ yǒu shénme zuì? Gàosù wǒ, wǒ jiù kěyǐ jiù nǐ le."

Dāngrán, zhè shì yígè móguǐ. Tángsēng yǒu yǎnjīng, dàn tā kànbújiàn, suǒyǐ tā rènwéi zhè zhǐshì yígè bèi bǎng zài shù shàng de nǚhái. Tā kū le, yǎnlèi cóng tā kě'ài de liǎn shàng diào le xiàlái. Tā shì nàyàng měilì, ràng kàndào tā de niǎo er dōu huì cóng tiānshàng diào xiàlái. Tā de yǎnjīng xiàng xīngxīng yíyàng míngliàng.

"Shīfu," tā yìbiān shuō, yìbiān zào huǎng, "wǒ láizì qīshí lǐ wài de yígè xiǎo cūnzhuāng. Dāng wǒ hé wǒ de fùmǔ yìqǐ chuānguò sēnlín de shíhòu, wǒmen yùdào le yìqún qiángdào de gōngjī.

就在这时，唐僧和另外两个徒弟正在地上等着。猪人猪八戒和安静的大个子沙悟净四处走着，找鲜花和水果。唐僧坐着，心里念着佛。突然，唐僧听到有人喊道，"救救我！"

"那是谁？"唐僧问。他站了起来，向声音的方向走去。他走过千年的柏树和古老的松树。很快，他看到一个年轻女人被绑在一棵树上。她的上半身被藤蔓绑在树上，下半身埋在地里。唐僧问她，"女菩萨，你为什么被绑在这里？你有什么罪？告诉我，我就可以救你了。"

当然，这是一个魔鬼。唐僧有眼睛，但他看不见，所以他认为这只是一个被绑在树上的女孩。她哭了，眼泪从她可爱的脸上掉了下来。她是那样美丽，让看到她的鸟儿都会从天上掉下来。她的眼睛像星星一样明亮。

"师父，"她一边说，一边造谎，"我来自七十里外的一个小村庄。当我和我的父母一起穿过森林的时候，我们遇到了一群强盗的攻击。

Wǒ de fùmǔ qízhe tāmen de mǎ zǒu le, dàn wǒ tài hàipà le, dòng bùliǎo. Qiángdào zhuā zhù wǒ, bǎ wǒ dài huí le tāmen de yíngdì. Qiángdào dà shǒulǐng xiǎng ràng wǒ zuò tā de nǚ péngyǒu, èr shǒulǐng xiǎng ràng wǒ zuò tā de qīzi, sān shǒulǐng hé sì shǒulǐng zhǐshì wèile wǒ de měilì, xiǎng yào wǒ. Tāmen kāishǐ dǎ le qǐlái. Tāmen dōu bù xīwàng qítā rén dédào wǒ. Zuìhòu, tāmen bǎ wǒ bǎng zài shù shàng, bǎ wǒ liú zài zhèlǐ. Wǒ yǐjīng zài zhèlǐ wǔ tiān le, wǒ kuàiyào sǐ le. Xiānshēng, qǐng jiù wǒ. Jíshǐ wǒ sǐ le, zài Jiǔquán zhī xià, wǒ yě bú huì wàngjì nǐ." Shuō dào zhèlǐ, tā de yǎnlèi xiàng yǔ yíyàng liú le xiàlái.

Tángsēng tīng le tā de gùshì, yě kāishǐ kū le qǐlái. Tā jiào lái Zhū shuō, "Túdì, sōng kāi zhè wèi fùrén de shéngzi, wǒmen yídìng yào jiù tā." Zhū ná chū dāo, kāishǐ qù qiēduàn shéngzi.

Jiù zài zhè shí, Sūn Wùkōng huílái le. Tā kàndào le hēi yún, zhīdào xié'è de dōngxi jiù zài fùjìn. Tā kàndào Zhū zhèngzài qiēduàn shéngzi. Tā mǎshàng zhuā zhù zhū de yì zhī ěrduǒ, bǎ tā rēng dào dìshàng. "Dìdi," tā duì Zhū shuō, "búyào sōng kāi tā de shéng

我的父母骑着他们的马走了，但我太害怕了，动不了。强盗抓住我，把我带回了他们的营地。强盗大首领想让我做他的女朋友，二首领想让我做他的妻子，三首领和四首领只是为了我的美丽，想要我。他们开始打了起来。他们都不希望其他人得到我。最后，他们把我绑在树上，把我留在这里。我已经在这里五天了，我快要死了。先生，请救我。即使我死了，在九泉之下，我也不会忘记你[4]。"说到这里，她的眼泪像雨一样流了下来。

唐僧听了她的故事，也开始哭了起来。他叫来猪说，"徒弟，松开这位妇人的绳子，我们一定要救她。"猪拿出刀，开始去切断绳子。

就在这时，孙悟空回来了。他看到了黑云，知道邪恶的东西就在附近。他看到猪正在切断绳子。他马上抓住猪的一只耳朵，把他扔到地上。"弟弟，"他对猪说，"不要松开她的绳

---

[4] Another name for the underworld is 九泉 (jiǔquán), the Nine Springs.

zi. Tā shì ge xié jīng."

"Wúchǐ de húsūn," Tángsēng hǎn dào, "nǐ wèishénme rènwéi zhège kě'ài de nǚhái shì xié jīng?"

Sūn Wùkōng huídá shuō, "Shīfu, yǐqián wǒ xiǎng chī rénròu de shíhòu, wǒ yě zuò le tóngyàng de shìqing. Nǐ bù zhīdào tā shì shénme, dàn wǒ zhīdào."

Zhū shuō, "Shīfu, bié tīng tā de. Tā zhǐshì xiǎng ràng wǒmen bǎ tā liú zài zhèlǐ. Ránhòu tā huì huílái, hé tā yìqǐ wán." Zhè ràng Sūn Wùkōng hěn shēngqì. Tā hé Zhū kāishǐ dàshēng zhēnglùn qǐlái.

Zuìhòu, Tángsēng shuō, "Nǐmen liǎ tíng xià. Yìbān lái shuō, Sūn Wùkōng zài zhèxiē shìqing shàng dōu shì duì de. Bǎ xié jīng liú zài zhèlǐ. Wǒmen jìxù zǒu ba." Tāmen kāishǐ zǒulù, ràng měilì de nǚhái jìxù bèi bǎng zài shù shàng.

Xié jīng fēicháng shēngqì. Tā xiǎng, "Wǒ zhēnde hěn xiǎng bǎ Táng héshang dài zǒu, zuò wǒ de zhàngfu. Wǒ tīngshuō tā yǐjīng zuò le shí shēng de sēngrén, yǒu hěn qiáng de jīngshén lìliàng. Tā de yáng qì fēicháng qiáng. Wǒ xiǎng yào nà lìliàng! Dàn nà zhī hóuzi shì ge máfan."

子。她是个邪精。"

"无耻的猢狲，"唐僧喊道，"你为什么认为这个可爱的女孩是邪精？"

孙悟空回答说，"师父，以前我想吃人肉的时候，我也做了同样的事情。你不知道她是什么，但我知道。"

猪说，"师父，别听他的。他只是想让我们把她留在这里。然后他会回来，和她一起玩。"这让孙悟空很生气。他和猪开始大声争论起来。

最后，唐僧说，"你们俩停下。一般来说，孙悟空在这些事情上都是对的。把邪精留在这里。我们继续走吧。"他们开始走路，让美丽的女孩继续被绑在树上。

邪精非常生气。她想，"我真的很想把唐和尚带走，做我的丈夫。我听说他已经做了十生的僧人，有很强的精神力量。他的阳气非常强。我想要那力量！但那只猴子是个麻烦。"

Tā ràng fēng chuī xiàng Tángsēng. Fēng bǎ tā tián tián de shēngyīn dài dào tā nàlǐ. Tā gàosù tā, "Shīfu, nǐ shì shénme yàng de fójiào héshang? Rúguǒ nǐ lián xiàng wǒ zhèyàng kělián de nǚhái de shēngmìng dōu bú jiù, nǐ qǔ le fójīng yòu yǒu shénme yòng ne?"

Tángsēng tīngdào le zhè huà. Tā tíng xià mǎ, shuō, "Wùkōng, qù bǎ nàge nǚhái jiē guòlái. Tā zhèngzài kū hǎnzhe qiú jiù."

Sūn Wùkōng shuō, "Shīfu, tā duì nǐ shuō le shénme?"

"Tā shuō, 'Rúguǒ wǒ jùjué jiù yìtiáo shēngmìng, wǒ qǔ fójīng yǒu shénme yòng ne?' Tā shuō de hěn duì."

"Shīfu, xiǎng xiǎng wǒmen zài lǚtú zhōng yùdào de suǒyǒu móguǐ. Xǔduō de móguǐ bǎ nǐ dài jìn tāmen de dòng. Hěnduō shíhòu tāmen xiǎng chī nǐ. Wǒ duō cì jiùguò nǐ. Wǒmen yǐjīng shā sǐ le qiān qiān wàn wàn gè móguǐ. Nǐ wèishénme bùnéng ràng zhège móguǐ jīntiān qù sǐ ne?"

"Túdì, gǔrén shuō, 'Búyào yīnwèi hǎoshì hěn xiǎo jiù bú qù zuò, yě búyào yīnwèi huàishì hěn xiǎo jiù qù zuò.' Qù jiù tā."

她让风吹向<u>唐僧</u>。风把她甜甜的声音带到他那里。她告诉他，"师父，你是什么样的佛教和尚？如果你连像我这样可怜的女孩的生命都不救，你取了佛经又有什么用呢？"

<u>唐僧</u>听到了这话。他停下马，说，"<u>悟空</u>，去把那个女孩接过来。她正在哭喊着求救。"

<u>孙悟空</u>说，"师父，她对你说了什么？"

"她说，'如果我拒绝救一条生命，我取佛经有什么用呢？'她说的很对。"

"师父，想想我们在旅途中遇到的所有魔鬼。许多的魔鬼把你带进他们的洞。很多时候他们想吃你。我多次救过你。我们已经杀死了千千万万个魔鬼。你为什么不能让这个魔鬼今天去死呢？"

"徒弟，古人说，'不要因为好事很小就不去做，也不要因为坏事很小就去做。'去救她。"

"Shīfu, nǐ yìshēng dōu shì héshang. Nǐ duì zhège shìjiè shénme dōu bù zhīdào. Zhège nǚhái niánqīng měilì. Rúguǒ rénmen kàndào wǒmen hé tā yìqǐ xíngzǒu, tāmen huì rènwéi wǒmen zài hé tā yìqǐ zuò huàishì. Wǒmen dōu huì bèi zhuā qǐlái de. Nǐ huì diū le nǐ de sēngrén zhèngshū. Zhū hé Shā jiāng jìn jiānyù. Jíshǐ wǒ yě huì shòudào tòngkǔ. Wǒmen suǒyǒu rén dōu huì shòudào shānghài." Sūn Wùkōng xiǎng le yīhuǐ'er, ránhòu yòu shuōdào, "Nàge nǚhái yě huì bèi huǐ diào de."

"Nǐ shì shénme yìsi?"

"Tā yǐjīng kuàiyào sǐ le. Rúguǒ wǒmen bǎ tā liú zài nàlǐ, tā huì hěn kuài sǐqù, qù dìyù. Dàn rúguǒ wǒmen jiù le tā, tā jiāng méiyǒu bànfǎ gēn shàng wǒmen. Tā huì diào zài hòumiàn. Tā kěnéng huì bèi láng huò lǎohǔ gōngjī, chī diào. Tā de shēntǐ jiāng bèi fēnchéng xǔduō xiǎo kuài."

"Nǐ shuō de duì. Wǒmen gāi zěnme bàn?"

Sūn Wùkōng xiào le xiào. "Tā kěyǐ hé nǐ yìqǐ qímǎ."

"师父，你一生都是和尚。你对这个世界什么
都不知道。这个女孩年轻美丽。如果人们看到
我们和她一起行走，他们会认为我们在和她一
起做坏事。我们都会被抓起来的。你会丢了你
的僧人证书[5]。猪和沙将进监狱。即使我也会受
到痛苦。我们所有人都会受到伤害。"孙悟空
想了一会儿，然后又说道，"那个女孩也会被
毁掉的。"

"你是什么意思？"

"她已经快要死了。如果我们把她留在那里，
她会很快死去，去地狱。但如果我们救了她，
她将没有办法跟上我们。她会掉在后面。她可
能会被狼或老虎攻击、吃掉。她的身体将被分
成许多小块。"

"你说的对。我们该怎么办？"

孙悟空笑了笑。"她可以和你一起骑马。"

---

[5] 证(书)　　zhèng (shū) – license, certificate

Tángsēng de liǎn hóng le. "Ò, bù, wǒ bù kěnéng nàyàng zuò."

Tāmen zhànzhe tán le hěn cháng shíjiān. Zuìhòu, tāmen juédìng qù jiù zhège nǚhái, bǎ tā fàng zài xià yígè yùdào de sìmiào huò cūnzhuāng. Zhū huí dào le nǚhái bèi bǎng de dìfāng. Tā qiēduàn le shéngzi, fang le nǚhái. Tángsēng cóng mǎshàng xiàlái. Tāmen dōu kāishǐ xiàng xī zǒu.

Jiù zhèyàng, tāmen zǒu le jǐ lǐ lù. Zài yèwǎn lái dào zhīqián, tāmen dào le yízuò gāolóu qián. Zhè shì yízuò sìmiào, dàn qíngkuàng fēicháng bù hǎo. Lóu dào le, qiáng yě dào le, sìzhōu yǒu chéng duī de suì zhuāntóu, yuànzi lǐ zhǎng mǎn le cǎo. Lóu lǐ de suǒyǒu dōngxi dōu gài mǎn le huī. Fózǔ de jīnsè diāoxiàng yǐjīng diào le yánsè. Tāmen kàndào yìzūn suì le de Guānyīn de diāoxiàng, tā de liǔshù huāpíng diào zài dìshàng. Tāmen méiyǒu kàndào rènhé héshang zhù zài zhèlǐ, nàlǐ zhǐshì húlí hé lǎohǔ de jiā.

Tángsēng màn màn de zǒuguò zhè zuò lǎo miào. Dāng tā zǒu jìn bèi huǐhuài de zhōng tǎ shí, tā kàndào yígè hěnjiǔ yǐqián jiù diào zài dìshàng de dà tóng zhōng. "Zhōng a," tā shuō,

唐僧的脸红了。"哦，不，我不可能那样做。"

他们站着谈了很长时间。最后，他们决定去救这个女孩，把她放在下一个遇到的寺庙或村庄。猪回到了女孩被绑的地方。他切断了绳子，放了女孩。唐僧从马上下来。他们都开始向西走。

就这样，他们走了几里路。在夜晚来到之前，他们到了一座高楼前。这是一座寺庙，但情况非常不好。楼倒了，墙也倒了，四周有成堆的碎砖头，院子里长满了草。楼里的所有东西都盖满了灰。佛祖的金色雕像已经掉了颜色。他们看到一尊碎了的观音的雕像，她的柳树花瓶掉在地上。他们没有看到任何和尚住在这里，那里只是狐狸和老虎的家。

唐僧慢慢地走过这座老庙。当他走进被毁坏的钟塔时，他看到一个很久以前就掉在地上的大铜钟。"钟啊，"他说，

"Yǐqián, nǐ zài gāo tǎ shàng dà hǎn

Nǐ zài cǎi liáng shàng dà hǎn

Xuānbù límíng

Bàogào yèwǎn

Huà tóng de sēngrén zài nǎlǐ?

Zào nǐ de gōngjiàng zài nǎlǐ?

Tāmen dōu zài dìyù lǐ

Tāmen liú nǐ zài zhèlǐ, wúshēng wúyǔ."

Fùjìn zhànzhe yígè rén, zhèngzài shāoxiāng. Dāng tā tīng dào Tángsēng shuōhuà de shēngyīn shí, tā ná qǐ yíkuài duàn zhuān, xiàng zhōng rēng qù. Shēngyīn tài dà le, bǎ Tángsēng xià dé dǎo zài dìshàng, ránhòu tā mǎshàng qǐlái, dàn bèi shù gēn bàn dǎo, yòu dǎo zài dìshàng.

"Zhōng a," tā shuō,

"Wǒ zhǐshì zài shuō nǐ de shēngmìng

Nǐ tūrán de hǎn le chūlái

Zài zhè tiáo tōngxiàng xīfāng de gūdú lùshàng

Zhème duō nián lái, nǐ yǐjīng biàn chéng jīng."

"以前，你在高塔上大喊

你在彩梁上大喊

宣布黎明[6]

报告夜晚

化铜的僧人在哪里？

造你的工匠[7]在哪里？

他们都在地狱里

他们留你在这里，无声无语。"

附近站着一个人，正在烧香。当他听到唐僧说话的声音时，他拿起一块断砖，向钟扔去。声音太大了，把唐僧吓得倒在地上，然后他马上起来，但被树根绊倒，又倒在地上。"钟啊，"他说，

"我只是在说你的生命

你突然地喊了出来

在这条通向西方的孤独路上

这么多年来，你已经变成精。"

---

[6] 黎明　　　límíng – dawn
[7] 工匠　　　gōngjiàng – artisan, craftsman

Nà rén zǒu dào Tángsēng shēnbiān, bāng tā zhàn le qǐlái. "Qǐng búyào hàipà, xiānshēng. Wǒ zài zhèlǐ kānhù xiāng. Wǒ tīngdào nǐ zài shuōhuà. Wǒ dānxīn nǐ kěnéng shì yígè móguǐ, suǒyǐ wǒ rēng le yíkuài zhuān lái xià nǐ. Zhè zhōng búshì jīng, tā zhǐshì yìkǒu zhōng. Qǐng jìnlái."

Nà rén dàizhe Tángsēng chuānguò lìngwài liǎng shàn dàmén. Zài nàlǐ, Tángsēng kàndào le yígè měilì de dàdiàn. Lán sè zhuān kuài zuò chéng de qiáng, shàngmiàn yǒu huàzhe báiyún de huà. Nà lǐ yǒu jīnsè de shèng xiàng. Lánguāng zài fó diàn lǐ tiàowǔ. Cóng chuānghù xiàng wài wàng qù, tā kàndào le yìqiān kē lù zhú hé yí wàn kē měilì de song shù. Jíxiáng de yún yóu zǒu zài shùlín zhījiān.

"Xiōngdì," Tángsēng shuō, "wèishénme zhè zuò sìmiào de qiánmiàn zhème kěpà, dàn hòumiàn shì zhème de piàoliang?"

"Xiānshēng, zhè shānshàng yǒu hěnduō móguǐ hé qiángdào. Tāmen báitiān tōu dōngxi, wǎnshàng lái zhèlǐ shuìjiào. Tāmen zuò zài diāoxiàng shàng. Tāmen bǎ sìmiào lǐ de zhùzi yòng lái zuò shāohuǒ de mùtou. Zhèlǐ de héshang méiyǒu zúgòu de qiángdà néng qù hé tāmen zhàndòu, suǒyǐ wǒmen bǎ sìmiào de qiánmiàn gěi le tāmen. Wǒmen zhù zài hòumiàn."

那人走到<u>唐僧</u>身边，帮他站了起来。"请不要害怕，先生。我在这里看护香。我听到你在说话。我担心你可能是一个魔鬼，所以我扔了一块砖来吓你。这钟不是精，它只是一口钟。请进来。"

那人带着<u>唐僧</u>穿过另外两扇大门。在那里，<u>唐僧</u>看到了一个美丽的大殿。蓝色砖块做成的墙，上面有画着白云的画。那里有金色的圣像。蓝光在佛殿里跳舞。从窗户向外望去，他看到了一千棵绿竹和一万棵美丽的松树。吉祥的云游走在树林之间。

"兄弟，"<u>唐僧</u>说，"为什么这座寺庙的前面这么可怕，但后面是这么的漂亮？"

"先生，这山上有很多魔鬼和强盗。他们白天偷东西，晚上来这里睡觉。他们坐在雕像上。他们把寺庙里的柱子用来做烧火的木头。这里的和尚没有足够的强大能去和他们战斗，所以我们把寺庙的前面给了他们。我们住在后面。"

Jiù zài zhè shí, yí wèi piàoliang, chuān dé hěn hǎo de lǎma zǒu chūlái huānyíng Tángsēng. Tā gèzi hěn gāo, yǎnjīng xiàng yín yíyàng míngliàng. Tā de ěrduǒ shàng guà zhe liǎng zhī tóng huán. Tā shuō, "Xiānshēng, nǐ cóng nǎlǐ lái?"

Tángsēng huídá shuō, "Wǒ bèi wěidà de Táng huángdì sòng qù Yìndù xītiān qǔ fójīng. Wǒmen lùguò nǐ de guì miào, xīwàng jīn wǎn néng liú zài zhèlǐ. Wǒmen míngtiān zǎoshàng jiù huì líkāi."

"Xiānshēng, wǒ pà nǐ shì zài shuō kōnghuà. Táng dìguó hé xītiān zhījiān yǒu xǔduō shān, xǔduō shāndòng, xǔduō móguǐ hé xǔduō yāoguài. Xiàng nǐ zhèyàng de héshang yǒngyuǎn bù kěnéng zìjǐ yígè rén yílù zǒu lái."

"Nǐ dāngrán shì duì de. Wǒ yǒu sān gè túdì bǎohù wǒ. Tāmen zài wàimiàn děngzhe."

Lǎma de liǎng gè túdì dào wàimiàn qù kàn. Tāmen huílái shuō, "Xiānshēng, nǐ yùnqì bù hǎo. Nǐ de túdì dōu zǒu le. Nàlǐ zhǐyǒu sān gè xié'è de yāoguài. Yígè kàn qǐlái xiàng léishén. Yígè kàn qǐlái xiàng yìtóu dà zhū. Yígè yǒu yì zhāng lǜ liǎn hé dà

就在这时，一位漂亮、穿得很好的喇嘛[8]走出来欢迎唐僧。他个子很高，眼睛像银一样明亮。他的耳朵上挂着两只铜环。他说，"先生，你从哪里来？"

唐僧回答说，"我被伟大的唐皇帝送去印度西天取佛经。我们路过你的贵庙，希望今晚能留在这里。我们明天早上就会离开。"

"先生，我怕你是在说空话。唐帝国和西天之间有许多山，许多山洞，许多魔鬼和许多妖怪。像你这样的和尚永远不可能自己一个人一路走来。"

"你当然是对的。我有三个徒弟保护我。他们在外面等着。"

喇嘛的两个徒弟到外面去看。他们回来说，"先生，你运气不好。你的徒弟都走了。那里只有三个邪恶的妖怪。一个看起来像雷神。一个看起来像一头大猪。一个有一张绿脸和大

---

⁸ 喇嘛　　　　lǎma – lama

yá. Ò, hái yǒu yígè kě'ài de nǚhái hé tāmen zài yìqǐ."

"A, shìde. Nà sān gè hěn chǒu de rén jiùshì wǒ de túdì. Zhège nǚhái shì wǒ zài sēnlín lǐ jiù de rén."

Lǎma de túdìmen yòu huí dào wàimiàn. Qízhōng yìrén quánshēn fādǒu, tā shuō, "Wǒ de dàrénmen, Táng dàrén qǐng nǐmen jìnqù."

Zhū wèn Sūn Wùkōng, "Nà rén wéishénme fādǒu?"

Sūn Wùkōng huídá shuō, "Tā hàipà, yīnwèi wǒmen hěn chǒu."

"Wǒmen shēnglái jiùshì zhèyàng. Wǒmen shuí yě méiyǒu xuǎnzé chǒu."

Tángsēng de túdìmen jì hǎo mǎ, ránhòu tāmen dōu zǒu jìn le dàmén. Lǎma de túdìmen wèi sān wèi Táng túdì zhǔnbèi le shuìjiào fángjiān, hái gěi tāmen suǒyǒu de rén zhǔnbèi le rè de sùshí wǎnfàn.

牙。哦，还有一个可爱的女孩和他们在一
起。"

"啊，是的。那三个很丑的人就是我的徒弟。
这个女孩是我在森林里救的人。"

喇嘛的徒弟们又回到外面。其中一人全身发
抖，他说，"我的大人们，唐大人请你们进
去。"

猪问孙悟空，"那人为什么发抖？"

孙悟空回答说，"他害怕，因为我们很丑。"

"我们生来就是这样。我们谁也没有选择
丑。"

唐僧的徒弟们系好马，然后他们都走进了大
门。喇嘛的徒弟们为三位唐徒弟准备了睡觉房
间，还给他们所有的人准备了热的素食晚饭。

Dì 81 Zhāng

Dāng tāmen chī wán wǎnfàn shí, tiān yǐjīng hēi le. Dēng diǎn liàng le. Lǎma guì dǎo zài dì. Tángsēng mǎshàng ràng tā zhàn qǐlái. Tángsēng wèn tā wèishénme zhèyàng zuò. Lǎma huídá shuō, "Qǐng yuánliàng wǒ, fùqīn, dàn yǒu yí jiàn shì wǒ bìxū wèn nǐ. Dāngrán, huānyíng nǐ zài zhèlǐ guòyè, yě huānyíng nǐ de túdì. Dànshì nà wèi nǚ púsà liú zài zhèlǐ bú tài xíng. Wǒ bù zhīdào tā jīnwǎn yīnggāi zhù zài nǎlǐ."

Tángsēng shuō, "Fāngzhàng, nǐ búyòng dānxīn. Wǒ de túdì hé wǒ méiyǒu xié'è de xiǎngfǎ. Jīntiān zǎoshàng, wǒmen lùguò sēnlín. Wǒmen fāxiàn nàge nǚhái bèi bǎng zài yì kē shù shàng. Wǒ jiù le tā."

"Hěn hǎo. Tā kěyǐ shuì zài Tiānwáng Diàn hòumiàn de cǎo chuáng shàng." Tángsēng rènwéi zhè shì ge hǎo zhǔyì. Lǎma de túdìmen gěi nǚhái kàn tā shuìjiào de dìfāng, dàjiā dōu shàngchuáng shuìjiào le.

Zǎoshàng, dàjiā dōu zhǔnbèi líkāi. Dàn Tángsēng gǎnjué bú tài shūfú. Zhū bǎ shǒu fàng zài tā shīfu de étóu shàng, shuō, "Shī

第 81 章

当他们吃完晚饭时，天已经黑了。灯点亮了。喇嘛跪倒在地。唐僧马上让他站起来。唐僧问他为什么这样做。喇嘛回答说，"请原谅我，父亲，但有一件事我必须问你。当然，欢迎你在这里过夜，也欢迎你的徒弟。但是那位女菩萨留在这里不太行。我不知道她今晚应该住在哪里。"

唐僧说，"方丈，你不用担心。我的徒弟和我没有邪恶的想法。今天早上，我们路过森林。我们发现那个女孩被绑在一棵树上。我救了她。"

"很好。她可以睡在天王殿后面的草床上。"唐僧认为这是个好主意。喇嘛的徒弟们给女孩看她睡觉的地方，大家都上床睡觉了。

早上，大家都准备离开。但唐僧感觉不太舒服。猪把手放在他师父的额头[9]上，说，"师

---

[9] 额(头)　　é (tóu) – forehead

fu, nǐ fāshāo le."

Tángsēng qīngshēng shuō, "Túdì, wǒ lián zhàn dōu zhàn bù qǐlái. Wǒmen zhǐ néng zài zhèlǐ liú yíduàn shíjiān." Suǒyǐ, yóurénmen nàtiān méiyǒu líkāi. Tāmen zhù zài sìmiào lǐ. Túdìmen zhàogù le Tángsēng sān tiān. Dì sì tiān zǎoshàng, Tángsēng zuò qǐlái wèn, "Wùkōng, yǒu méiyǒu rén gěi nǚ púsà sòng shíwù?"

"Dāngrán," Sūn Wùkōng huídá. "Nǐ wèishénme dānxīn tā?"

"Méishénme. Gěi wǒ ná zhǐ, máobǐ hé mò. Wǒ yào gěi Cháng'ān de Táng huángdì xiě yì fēng xìn."

"Nǐ xiǎng duì bìxià shuō shénme?"

"Wǒ huì shuō, 'nǐ de chénmín gěi nǐ sān kòutóu, sān hǎn "Bìxià Wànsuì." Wǒ yǐjīng xīyóu le hěnduō nián. Yǒu hěnduō máfan, hěnduō yánwù. Xiànzài wǒ bìng dé hěn zhòng, wǒ dōu zhàn bù qǐlái le. Fómén hé tiānmén yíyàng yuǎn. Wǒ dānxīn wǒ bú huì huózhe

父，你发烧[10]了。"

唐僧轻声说，"徒弟，我连站都站不起来。我们只能在这里留一段时间。"所以，游人们那天没有离开。他们住在寺庙里。徒弟们照顾了唐僧三天。第四天早上，唐僧坐起来问，"悟空，有没有人给女菩萨送食物？"

"当然，"孙悟空回答。"你为什么担心她？"

"没什么。给我拿纸、毛笔和墨。我要给长安的唐皇帝写一封信。"

"你想对陛下说什么？"

"我会说，'你的臣民[11]给你三叩头，三喊"陛下万岁。"我已经西游了很多年。有很多麻烦，很多延误[12]。现在我病得很重，我都站不起来了。佛门和天门一样远。我担心我不会活着

---

[10] 发烧　　fāshāo – fever
[11] 臣民　　chénmín – subject to a feudal king
[12] 延误　　yánwù – delay

dài huí jīngshū. Wǒ qiú nǐ zài sòng yígè rén lái dàitì wǒ.' "

Sūn Wùkōng dàshēng de xiào le qǐlái. "Shīfu, nǐ búyòng dānxīn sǐ. Wǒ kěyǐ hěn róngyì de bǎohù nǐ. Wǒ huì zhǎo chū shì nǎge dìyù de guówáng zài jiào nǐ qù. Wǒ huì qù nàlǐ, zhuā zhù dìyù lǐ de shí gè guówáng, dǎ tāmen, zhídào tāmen ràng nǐ huózhe."

Tángsēng xiào le yíxià, shuō, "Wùkōng, bié shuō dàhuà le. Xiànzài wǒ kě le. Gěi wǒ ná diǎn lěngshuǐ hē."

Sūn Wùkōng názhe yígè yàofàn de wǎn zǒu jìn chúfáng. Zài nàlǐ, tā kàndào yìqún héshang, tāmen dōu hóng zhe yǎnjīng, zài nàlǐ kū. "Zěnmele?" tā wèn. "Wǒmen chī le tài duō nǐmen de shíwù le ma? Bié dānxīn, wǒmen huì wèi zhè yíqiè fù qián de."

"Búshì zhèyàng de," qízhōng yí wèi héshang shuō. "Sìmiào lǐ yǒu yígè xié'è de yāoguài. Zài qián sān gè wǎnshàng, měi gè wǎnshàng dōu yǒu liǎng míng héshang shīzōng. Zǎoshàng, wǒmen qù zhǎo tāmen. Wǒmen zhǐ zhǎodào le tāmen de màozi, xiézi hé gǔtou. Tāmen dōu

带回经书。我求你再送一个人来代替[13]我。’”

<u>孙悟空</u>大声地笑了起来。“师父，你不用担心死。我可以很容易地保护你。我会找出是哪个地狱的国王在叫你去。我会去那里，抓住地狱里的十个国王，打他们，直到他们让你活着。”

<u>唐僧</u>笑了一下，说，“<u>悟空</u>，别说大话了。现在我渴了。给我拿点冷水喝。”

<u>孙悟空</u>拿着一个要饭的碗走进厨房。在那里，他看到一群和尚，他们都红着眼睛，在那里哭。“怎么了？”他问。“我们吃了太多你们的食物了吗？别担心，我们会为这一切付钱的。”

“不是这样的，”其中一位和尚说。“寺庙里有一个邪恶的妖怪。在前三个晚上，每个晚上都有两名和尚失踪。早上，我们去找他们。我们只找到了他们的帽子，鞋子和骨头。他们都

---

[13] 代替　　　　dàitì – to replace

bèi chī diào le. Wǒmen bùxiǎng ná zhège lái máfan nǐ de shīfu, yīnwèi wǒmen zhīdào tā gǎnjué bù shūfú."

Sūn Wùkōng nǔlì cáng zhù zìjǐ dàdà de xiàoliǎn. Tā hěn gāoxìng tīngdào sìmiào lǐ yǒu yígè yāoguài. "Búyào zàishuō le," tā shuō. "Wǒ huì wèi nǐmen shā sǐ zhège yāoguài."

"Rúguǒ nǐ néng zuò dào zhè yìdiǎn, nà jiù tài hǎo le. Dàn rúguǒ nǐ bùnéng shā sǐ yāoguài, shìqing jiù bù hǎo le."

"Zěnme jiǎng?"

"Xiānshēng, wǒmen cóngxiǎo jiùshì héshang. Měitiān zǎoshàng, wǒmen qǐchuáng, xǐliǎn, xiàng fózǔ qídǎo. Wǎnshàng, wǒmen shāoxiāng, xiàng fózǔ qídǎo. Wǒmen xiǎng wù dǒng fófǎ. Dāng shāoxiāng bàifó de rén lái dào zhèlǐ shí, wǒmen qiāo mùyú, niàn fóshū. Dāng zhèlǐ méiyǒu shāoxiāng bàifó de rén de shíhòu, wǒmen hé shuāngshǒu, jìngzuò. Wǒmen shì jiǎndān de héshang. Wǒmen bùnéng hé lǎohǔ huò móguǐ zhàndòu. Suǒyǐ, xiānshēng, rúguǒ nǐ ràng yāoguài shēngqì, wǒmen suǒyǒu de rén dōu zhǐ nénggòu chéngwéi tā de yí dùn fàn. Wǒmen dōu huì diào zài Zhuǎn Lún Cáng shàng. Zhè zuò gǔlǎo de sìmiào jiāng bèi huǐ. Wǒmen yě bú huì zài kàndào fózǔ de liǎn le."

被吃掉了。我们不想拿这个来麻烦你的师父，因为我们知道他感觉不舒服。"

孙悟空努力藏住自己大大的笑脸。他很高兴听到寺庙里有一个妖怪。"不要再说了，"他说。"我会为你们杀死这个妖怪。"

"如果你能做到这一点，那就太好了。但如果你不能杀死妖怪，事情就不好了。"

"怎么讲？"

"先生，我们从小就是和尚。每天早上，我们起床，洗脸，向佛祖祈祷。晚上，我们烧香，向佛祖祈祷。我们想悟懂佛法。当烧香拜佛的人来到这里时，我们敲木鱼，念佛书。当这里没有烧香拜佛的人的时候，我们合双手，静坐。我们是简单的和尚。我们不能和老虎或魔鬼战斗。所以，先生，如果你让妖怪生气，我们所有的人都只能够成为他的一顿饭。我们都会掉在转世轮上。这座古老的寺庙将被毁。我们也不会再看到佛祖的脸了。"

Sūn Wùkōng tīng le zhè huà hòu, shēngqì le. "Nǐmen
zhèxiē hěn bèn de xiǎo héshang, nǐmen bù zhīdào wǒ shì
shuí ma?"

"Zhēnde, wǒmen bù zhīdào," tāmen huídá shuō.

"Nà wǒ gàosù nǐmen,

    Wǒ zài Huāguǒ Shān dǎbài le lǎohǔ hé lóng

    Wǒ qù le tiāngōng, zài nàlǐ zhǎo le hěn dà de máfan

    Wǒ è le, chī le jǐ kē Tàishàng Lǎojūn de chángshēng
    bùlǎo dānyào

    Wǒ kě le, hē le yìdiǎn huángdì de jiǔ

    Dāng wǒ yòng wǒ de jīnsè yǎnjīng kàn shí, tiānkōng
    biàn dé hěn bái

    Dāng wǒ yòng wǒ de jīn gū bàng shí, tā wúshēng de
    qiāo jī

    Wǒ búzàihū dàdà xiǎoxiǎo de yāoguài

    Tāmen kěyǐ shìzhe táopǎo

    Dànshì tāmen huì bèi zhuā, bèi zhǔ, bèi huǐ

    Búyòng dānxīn, wǒ huì zhuā zhù nàge xié jīng

    Nà shí nǐmen jiù huì zhīdào lǎo hóuzi shì shuí!"

Héshangmen tīng le zhège. Tāmen dōu diǎn le diǎn tóu,
duì hùxiāng shuō, "Ēn, tā zài shuō dàhuà. Dàn tā kěnéng
huì zuòdào."

Sūn Wùkōng zhuǎnshēn líkāi. Tā názhe nà wǎn shuǐ huí
dào le Tángsēng nà

孙悟空听了这话后，生气了。"你们这些很笨的小和尚，你们不知道我是谁吗？"

"真的，我们不知道，"他们回答说。

"那我告诉你们，

我在花果山打败了老虎和龙

我去了天宫，在那里找了很大的麻烦

我饿了，吃了几颗太上老君的长生不老丹药

我渴了，喝了一点皇帝的酒

当我用我的金色眼睛看时，天空变得很白

当我用我的金箍棒时，它无声地敲击

我不在乎大大小小的妖怪

他们可以试着逃跑

但是他们会被抓，被煮，被毁

不用担心，我会抓住那个邪精

那时你们就会知道老猴子是谁！"

和尚们听了这个。他们都点了点头，对互相说，"嗯，他在说大话。但他可能会做到。"

孙悟空转身离开。他拿着那碗水回到了唐僧那

lǐ. Tángsēng hē le lěngshuǐ, gǎnjué hǎoduō le. "Wǒmen lái zhèlǐ duōjiǔ le?" tā wèn.

"Yǒu sān tiān le. Míngtiān jiāng shì dì sì tiān le."

"Wǒmen míngtiān yīnggāi líkāi le."

"Hǎode. Dàn jīnwǎn wǒ xūyào zhuā yígè xié jīng."

Tángsēng tīngshuō sìmiào lǐ yǒu xié jīng, hěn chījīng. "Kěshì, wǒ hái zài bù shūfú de shíhòu, nǐ zěnme néng zhèyàng zuò ne? Rúguǒ nǐ méi néng zhuā zhù yāoguài, tā jiù huì shìzhe shā sǐ wǒ!"

"Shīfu, wǒ bìxū gàosù nǐ. Zhège xié jīng yìzhí zài chī rén. Tā yǐjīng chī diào le liù gè héshang." Tángsēng tóngyì ràng Sūn Wùkōng zhuā zhù, shā sǐ xié jīng. Sūn Wùkōng ràng Zhū hé Shā liú zài Tángsēng shēnbiān, bǎohù tā.

Nàtiān wǎnshàng, tiānkōng zhōng de xīngxīng hěn liàng, yuèliang hái méiyǒu chūlái. Sūn Wùkōng yáo le yáo shēntǐ, biàn le yàngzi. Xiànzài tā kàn qǐlái xiàng yígè niánqīng de héshang, shíyī, èr suì. Tā chuānzhe yí jiàn huángsè de sīchóu chènshān hé yí jiàn báisè de cháng yī. Tā yì zhī shǒu názhe yì zhī mùyú, lìng yì zhī shǒu qiāozhe mùyú, niànzhe

里。唐僧喝了冷水，感觉好多了。"我们来这里多久了？"他问。

"有三天了。明天将是第四天了。"

"我们明天应该离开了。"

"好的。但今晚我需要抓一个邪精。"

唐僧听说寺庙里有邪精，很吃惊。"可是，我还在不舒服的时候，你怎么能这样做呢？如果你没能抓住妖怪，它就会试着杀死我！"

"师父，我必须告诉你。这个邪精一直在吃人。它已经吃掉了六个和尚。"唐僧同意让孙悟空抓住、杀死邪精。孙悟空让猪和沙留在唐僧身边，保护他。

那天晚上，天空中的星星很亮，月亮还没有出来。孙悟空摇了摇身体，变了样子。现在他看起来像一个年轻的和尚，十一、二岁。他穿着一件黄色的丝绸衬衫和一件白色的长衣。他一只手拿着一只木鱼，另一只手敲着木鱼，念着

jīng. Tā yìzhí děngdào yīgēng. Shénme yě méi fāshēng. Èr gēng de shíhòu, yuèliang chūlái le. Tūrán, yízhèn dàfēng chuī lái. Tā děngzhe. Fēng tíng le xiàlái. Tā táiqǐ tóu, kàndào yígè měilì de nǚrén xiàng tā zǒu lái. Tā bàozhe tā, wèn dào, "Nǐ niàn de shì shénme jīng?"

"Zhè shì wǒ fāguò shì yào niàn de fójīng," tā huídá shuō.

"Nǐ wèishénme yào zài qítā rén dōu zài shuìjiào de shíhòu niàn tā?"

"Wǒ fāguò shìyuàn. Wǒ wèishénme bùnéng niàn ne?"

Nǚrén wěn tā de zuǐchún. "Wǒmen huíqù yìqǐ wán ba."

Sūn Wùkōng bǎ tóu zhuàn dào yìbiān, shuō, "Wǒ juédé nǐ yǒudiǎn bèn."

"Nǐ juédé wǒ shì shénme yàng de nǚrén?"

"Shuō zhēn huà, wǒ juédé nǐ shì yí gè dàngfù."

经。他一直等到一更。什么也没发生。二更的时候，月亮出来了。突然，一阵大风吹来。他等着。风停了下来。他抬起头，看到一个美丽的女人向他走来。她抱着他，问道，"你念的是什么经？"

"这是我发过誓要念的佛经，"他回答说。

"你为什么要在其他人都在睡觉的时候念它？"

"我发过誓愿。我为什么不能念呢？"

女人吻[14]他的嘴唇。"我们回去一起玩吧。"

孙悟空把头转到一边，说，"我觉得你有点笨。"

"你觉得我是什么样的女人？"

"说真话，我觉得你是一个荡妇[15]。"

---

[14] 吻　　　wěn – to kiss
[15] 荡妇　　dàngfù – slut

"Nǐ shénme dōu bù zhīdào!" tā hǎn dào. "Wǒ búshì yígè dàngfù. Jǐ nián qián, wǒ hé yígè niánqīng rén jiéhūn. Tā tài niánqīng le, tā bù zhīdào zài shuìjiào fángjiān lǐ yīnggāi zuò shénme. Suǒyǐ wǒ líkāi le tā. Jīntiān wǎnshàng, xīngxīng hé yuèliang dōu hěn míngliàng. Jīngguò le jǐ bǎi lǐ de lù, wǒmen xiāngyù zài yìqǐ. Wǒmen qù huāyuán zuò'ài ba."

Xiànzài Sūn Wùkōng míngbái le liù wèi niánqīng lǎma shì zěnme sǐ de. Tā shuō, "Fùrén, wǒ shì yì míng héshang, yě hěn niánqīng. Wǒ duì zhè zhǒng shì yìdiǎn dōu bù dǒng."

"Gēn wǒ lái. Wǒ huì jiāo nǐ de."

Tā juédìng hé tā yìqǐ qù kàn kàn huì fāshēng shénme. Tāmen shǒu qiān shǒu zǒu dào huāyuán lǐ. Ránhòu tā bàn dǎo le tā, bǎ tā rēng zài dìshàng. Tā dà hǎn, "qīn'ài de!" Ránhòu qù zhuā tā de dāngbù.

Tā shuō, "Suǒyǐ, nǐ zhēnde xiǎng chī wǒ!" Tā zhuā zhù tā de shǒu, ràng tā yígè jīndǒu dǎo zài dìshàng.

"你什么都不知道！"她喊道。"我不是一个
荡妇。几年前，我和一个年轻人结婚。他太年
轻了，他不知道在睡觉房间里应该做什么。所
以我离开了他。今天晚上，星星和月亮都很明
亮。经过了几百里的路，我们相遇在一起。我
们去花园做爱吧。"

现在<u>孙悟空</u>明白了六位年轻喇嘛是怎么死的。
他说，"妇人，我是一名和尚，也很年轻。我
对这种事一点都不懂。"

"跟我来。我会教你的。"

他决定和她一起去看看会发生什么。他们手牵
手走到花园里。然后她绊倒了他，把他扔在地
上。她大喊，"亲爱的！"然后去抓他的
裆部[16]。

他说，"所以，你真的想吃我！"他抓住她的
手，让她一个筋斗倒在地上。

---

[16] 裆(部)　　dāng (bù) – crotch

Tā xiàozhe shuō, "Qīn'ài de, nǐ zhēnde zhīdào zěnme ràng nǐ de nǚhái dǎo xià!"

Tā xīnlǐ xiǎng, "Wǒ xiànzài bìxū gōngjī. Lǎohuà shuō, 'xiān gōngjī, yíng. Děng, shū.'" Tā tiào qǐlái, biàn huí le zìjǐ de yàngzi. Tā báchū tā de jīn gū bàng, qù dǎ móguǐ de tóu.

Tā xiǎng, "Zhège niánqīng de héshang shì yígè fēicháng hǎo de zhànshì!" Ránhòu tā zǐxì kàn le kàn, cái fāxiàn nà zhēnde shì Táng héshang de dà túdì Sūn Wùkōng. Tā yě biàn huí le tā zìjǐ de yàngzi. Xiànzài de tā,

> Jīn bí, bái máo,
>
> Dìxiàdào lǐ wéi jiā
>
> Sānbǎi nián qián tā cóng tiānshàng bèi sòng xiàlái
>
> Tiānwáng de nǚ'ér,
>
> Nézhā Tàizǐ de mèimei,
>
> Tā shénme dōu búpà
>
> Tā xiàng wěidà de Chángjiāng yíyàng lái lái qù qù
>
> Tā xiàng Tàishān yíyàng shàng shàng xià xià
>
> Kàndào tā měilì de liǎn
>
> Nǐ yǒngyuǎn bú huì zhīdào tā zhēnde shì yígè lǎoshǔ jīng

她笑着说，"亲爱的，你真的知道怎么让你的女孩倒下！"

他心里想，"我现在必须攻击。老话说，'先攻击，赢。等，输。'"他跳起来，变回了自己的样子。他拔出他的金箍棒，去打魔鬼的头。

她想，"这个年轻的和尚是一个非常好的战士！"然后她仔细看了看，才发现那真的是<u>唐</u>和尚的大徒弟<u>孙悟空</u>。她也变回了她自己的样子。现在的她，

金鼻，白毛，
地下道里为家
三百年前她从天上被送下来
天王的女儿，
<u>哪吒</u>太子的妹妹，
她什么都不怕
她像伟大的<u>长江</u>一样来来去去
她像<u>泰</u>山一样上上下下
看到她美丽的脸
你永远不会知道她真的是一个老鼠精

Xiànzài tā názhe liǎng bǎ yín jiàn, měi zhī shǒu yì bǎ. Zài tā hé Sūn Wùkōng zhàndòu shí, tāmen fāchū xiǎngshēng. Tā kàn qǐlái bú zài xiàng yígè niánqīng nǚhái le. Tā shì yígè qiángdà de zhànshì. Sūn Wùkōng de bàng xiàng shǎndiàn yí yàng fāguāng. Lǎoshǔ jīng de jiàn xiàng xīngxīng yíyàng míngliàng. Tāmen chuānguò gǔlǎo de sìmiào, zài zhàndòu zhōng zá suì le diāoxiàng. Dàn lǎoshǔ jīng bùnéng yíng lǎo hóuzi. Tā zhuǎnguò shēn, xiǎng yào fēi zǒu.

"Nǐ xiǎng yào qù nǎlǐ?" Sūn Wùkōng hǎn dào.

Lǎoshǔ jīng tuō xià tā zuǒ jiǎo de xiézi, zài shàngmiàn chuī le chuī, shuō, "Biàn!" Tā mǎshàng biàn chéng le lìng yígè lǎoshǔ jīng, shǒu ná liǎng bǎ jiàn, chōng xiàng Sūn Wùkōng. Tóngshí, tā bǎ zìjǐ biàn chéng le yízhèn qīngfēng, xiāoshī bùjiàn le. Tā zhí zǒuxiàng Tángsēng de fángjiān. Tā bǎ héshang jǔ dào yún zhōng, bǎ tā dài dào tā de Wúdǐ Dòng de jiāzhōng.

Dāng tā lái dào shāndòng shí, tā gàosù tā de xiǎo móguǐ, qù zhǔnbèi yígè sùshí hūnlǐ dà yàn.

Jiù zài zhè shí, Sūn Wùkōng zhèngzài nǔlì de zhàndòu. Jīngguò duō cì láihuí hòu, tā yòng tā de bàng jiāng dírén zá rù dìxià. Tā de dí

现在她拿着两把银剑，每只手一把。在她和<u>孙悟空</u>战斗时，它们发出响声。她看起来不再像一个年轻女孩了。她是一个强大的战士。<u>孙悟空</u>的棒像闪电一样发光。老鼠精的剑像星星一样明亮。他们穿过古老的寺庙，在战斗中砸碎了雕像。但老鼠精不能赢老猴子。她转过身，想要飞走。

"你想要去哪里？"<u>孙悟空</u>喊道。

老鼠精脱下她左脚的鞋子，在上面吹了吹，说，"变！"它马上变成了另一个老鼠精，手拿两把剑，冲向<u>孙悟空</u>。同时，她把自己变成了一阵清风，消失不见了。她直走向<u>唐僧</u>的房间。她把和尚举到云中，把他带到她的<u>无底</u>洞的家中。

当她来到山洞时，她告诉她的小魔鬼，去准备一个素食婚礼大宴。

就在这时，<u>孙悟空</u>正在努力地战斗。经过多次来回后，他用他的棒将敌人砸入地下。他的敌

rén biàn chéng le yì zhī xié. Tā hěn shēngqì, huíqù jiàn
Tángsēng. Tā de shīfu búzài nàlǐ, kěshì Zhū hé Shā zài
nàlǐ. Sūn Wùkōng jǔ qǐ bàng, hǎn dào, "Nǐmen liǎng gè
bèn rén, wǒ ràng nǐmen bǎohù shīfu. Tā bújiàn le. Wǒ
yào shā le nǐmen liǎ!"

"Rúguǒ nǐ shā le wǒmen," Shā shuō, "shuí lái zhàogù
xínglǐ? Hái yǒu mǎ? Jìzhù, 'yào shā sǐ yì zhī lǎohǔ, nǐ
xūyào nǐ xiōngdì de bāngzhù.' Wǒ xīwàng nǐ búyào shā le
wǒmen, zhèyàng, wǒmen míngtiān kěyǐ yìqǐ qù jiù
wǒmen de shīfu."

Sūn Wùkōng háishì hěn shēngqì, dàn tā fàng huí le tā de
bàng. Tāmen sān gè rén xiǎng yào shuìjiào, dàn tāmen
shuì bùzháo. Zǎoshàng, dāng héshangmen gěi tāmen
sòng zǎofàn shí, tāmen bàogào shuō nǚhái shīzōng le.
Dāngrán, zhè duì Sūn Wùkōng lái shuō bù qíguài. Zǎofàn
hòu, tāmen xiàng dōng zǒu, huí dào le tāmen dì yī cì
kàndào nǚhái bèi bǎng zài shù shàng de dìfāng.

Fènnù de hóu wáng biànchéng le tā zài tiāngōng zhǎo
máfan shí de yàngzi, yǒu sān gè tóu, liù zhī shǒubì hé sān
gēn jīn gū bàng. Zài fènnù zhōng, tā zá suì le zuǒ yòu de
shùmù. Bùjiǔ, shān shén hé tǔdì shén lái jiàn tā.

人变成了一只鞋。他很生气，回去见<u>唐僧</u>。他的师父不在那里，可是<u>猪</u>和<u>沙</u>在那里。<u>孙悟空</u>举起棒，喊道，"你们两个笨人，我让你们保护师父。他不见了。我要杀了你们俩！"

"如果你杀了我们，"<u>沙</u>说，"谁来照顾行李？还有马？记住，'要杀死一只老虎，你需要你兄弟的帮助。'我希望你不要杀了我们，这样，我们明天可以一起去救我们的师父。"

<u>孙悟空</u>还是很生气，但他放回了他的棒。他们三个人想要睡觉，但他们睡不着。早上，当和尚们给他们送早饭时，他们报告说女孩失踪了。当然，这对<u>孙悟空</u>来说不奇怪。早饭后，他们向东走，回到了他们第一次看到女孩被绑在树上的地方。

愤怒的猴王变成了他在天宫找麻烦时的样子，有三个头，六只手臂和三根金箍棒。在愤怒中，他砸碎了左右的树木。不久，山神和土地神来见他。

Sūn Wùkōng duì tāmen shuō, "Shān shén, tǔdì shén, nǐmen shénme dōu búshì. Wǒ xiǎng nǐmen hé zhè shānshàng de qiángdào hé lǎoshǔ móguǐ yìqǐ gōngzuò. Wǒ xiǎng nǐmen bāng tā bang le wǒ de shīfu. Gàosù wǒ, tā xiànzài zài nǎlǐ, rúguǒ bú nàyàng zuò, wǒ jiù dǎ nǐmen liǎ."

"Dà shèng," tāmen hǎn dào, "Wǒmen shénme dōu méi zuò. Xié jīng bú zhù zài wǒmen de shānshàng. Dànshì wǒmen tīngshuōguò yìxiē guānyú tā de shìqing. Wǒmen tīngshuō tā bǎ tā dài dào zhèlǐ xiàng nán sānbǎi lǐ de dìfāng. Xiànkōng Shān jiù zài nàlǐ, zài nà zuò shānshàng yǒu yígè shāndòng, jiào Wúdǐ Dòng."

Sūn Wùkōng zhuǎnshēn líkāi le shān shén hé tǔdì shén. Tā xiàng nán fēi qù, Zhū hé Shā jǐn gēn zài hòumiàn. Hěn kuài, tāmen jiù dào le Xiànkōng Shān. Zhè zuò shān hěn dà, shāndǐng pèng dào lántiān.

Zhū táitóu wǎng shāndǐng kàn le kàn. Tā shuō, "Gēge, zhè zuò shān tài gāo le, lǐmiàn yídìng yǒu xié'è de dōngxi."

Sūn Wùkōng huídá shuō, "Dāngrán. Měi zuò gāoshān dōu yǒu yāoguài, měi zuò xuányá dōu yǒu shénxiān. Wǒ huì hé Shā yìqǐ děng zài zhèlǐ. Nǐ qù shānshàng, shìzhe zhǎodào Wúdǐ Dòng. Děng nǐ zhǎodào le tā,

孙悟空对他们说，"山神，土地神，你们什么都不是。我想你们和这山上的强盗和老鼠魔鬼一起工作。我想你们帮她绑了我的师父。告诉我，他现在在哪里，如果不那样做，我就打你们俩。"

"大圣，"他们喊道，"我们什么都没做。邪精不住在我们的山上。但是我们听说过一些关于她的事情。我们听说她把他带到这里向南三百里的地方。陷空山就在那里，在那座山上有一个山洞，叫无底洞。"

孙悟空转身离开了山神和土地神。他向南飞去，猪和沙紧跟在后面。很快，他们就到了陷空山。这座山很大，山顶碰到蓝天。

猪抬头往山顶看了看。他说，"哥哥，这座山太高了，里面一定有邪恶的东西。"

孙悟空回答说，"当然。每座高山都有妖怪，每座悬崖都有神仙。我会和沙一起等在这里。你去山上，试着找到无底洞。等你找到了它，

wǒmen yìqǐ qù jiù shīfu."

Zhū rén fàngxià bàzi, lā le lā tā de hēi chènshān, tiào dào shānshàng zhǎo lù qù le.

我们一起去救师父。"

猪人放下耙子，拉了拉他的黑衬衫，跳到山上找路去了。

Dì 82 Zhāng

Zhū zhǎodào le shānlù. Tā kāishǐ yánzhe shānlù shàngshān. Zǒu le jìn liǎng lǐ lù hòu, tā kàndào liǎng gè nǚ yāoguài cóng jǐng lǐ qǔ shuǐ. Tā zěnme zhīdào tāmen shì nǚ yāoguài? Yīnwèi tāmen liǎ de cháng fā yòng liǎng gēn hěn cháng de zhú bàng pán qǐ. Zhè shì yì zhǒng guòshí de tóufà yàngzi.

"Hēi, xié'è de yāoguài!" tā hǎn tāmen.

Zhè ràng nà liǎng gè yāoguài fēicháng shēngqì. Tāmen kāishǐ yòng tái shuǐ de gānzi dǎ tā. Zhū méiyǒu wǔqì, tā de tóu bèi dǎ le jǐ xià, tā zhǐ néng táopǎo. Tā pǎo huí Sūn Wùkōng shēnbiān, shuō, "Huíqù ba, gēge! Zhèxiē yāoguài tài kěpà le! Qízhōng liǎng gè rén yícì yòu yícì de yòng tāmen de tái shuǐ gānzi dǎ wǒ, jiù yīnwèi wǒ hé tāmen shuōhuà."

"Nǐ shuō le shénme?"

"Wǒ jiào tāmen xié'è de yāoguài."

第 82 章

<u>猪</u>找到了山路。他开始沿着山路上山。走了近两里路后，他看到两个女妖怪从井里取水。他怎么知道她们是女妖怪？因为她们俩的长发用两根很长的竹棒盘起。这是一种过时[17]的头发样子。

"嘿，邪恶的妖怪！"他喊她们。

这让那两个妖怪非常生气。她们开始用抬水的杆子[18]打他。<u>猪</u>没有武器，他的头被打了几下，他只能逃跑。他跑回<u>孙悟空</u>身边，说，"回去吧，哥哥！这些妖怪太可怕了！其中两个人一次又一次地用她们的抬水杆子打我，就因为我和她们说话。"

"你说了什么？"

"我叫她们邪恶的妖怪。"

---

[17] 过时　　guòshí – unfashionable
[18] 杆(子)　　gān (zi) – pole for carrying

"Nà jiù duì le. Jìzhù, shuō ruǎn huà huì ràng nǐ qù rènhé nǐ xiǎng qù de dìfāng, dàn shuō yìng huà, nǐ lián yí bù dōu zǒu bùliǎo."

"Wǒ bù dǒng nàge."

"Dìdi, xiǎng xiǎng liǔ hé tánxiāng. Liǔ mù hěn ruǎn, suǒyǐ gōngjiàngmen yòng tā zuò diāoxiàng. Tāmen gěi tā shàng qī, zài tā de shàngmiàn fàng shàng jīnzi, zhūbǎo hé xiānhuā, rénmen gěi tā xǔduō zhùfú. Dàn tánxiāng mù hěn yìng. Tā bèi yòng lái zuò yóu. Rénmen yòng chuízi zá tā. Tā shòudào tòngkǔ, yīnwèi tā tài yìng le."

"Nǐ yīnggāi zǎodiǎn gàosù wǒ de."

"Xiànzài huí dào nàlǐ zài shì yícì. Shuō ruǎn huà. Xiàng tāmen jūgōng. Rúguǒ tāmen bǐ nǐ niánqīng, jiào tāmen 'Xiǎojiě'. rúguǒ tāmen niánjì bǐ nǐ dà, jiào tāmen 'Fùrén'. Dàn zài nǐ zǒu zhīqián, nǐ yīnggāi gǎibiàn nǐ de yàngzi, zhèyàng tāmen jiù bú huì rènchū nǐ le."

Zhū gǎibiàn le tā de yàngzi, biàn chéng le yígè hēi pífū de pàng héshang. Tā huí dào yāoguài nàlǐ, shuō, "Fùrénmen hǎo. Qǐngwèn

"那就对了。记住，说软话会让你去任何你想去的地方，但说硬话，你连一步都走不了。"

"我不懂那个。"

"弟弟，想想柳和檀香[19]。柳木很软，所以工匠们用它做雕像。他们给它上漆，在它的上面放上金子、珠宝和鲜花，人们给它许多祝福。但檀香木很硬。它被用来做油。人们用锤子砸它。它受到痛苦，因为它太硬了。"

"你应该早点告诉我的。"

"现在回到那里再试一次。说软话。向她们鞠躬。如果她们比你年轻，叫她们'小姐[20]'。如果她们年纪比你大，叫她们'妇人'。但在你走之前，你应该改变你的样子，这样她们就不会认出你了。"

猪改变了他的样子，变成了一个黑皮肤的胖和尚。他回到妖怪那里，说，"妇人们好。请问

---

19 檀香　　tánxiāng – sandalwood
20 小姐　　xiǎojiě – Miss

nǐmen wèishénme yào qǔ shuǐ?"

Qízhōng yígè yāoguài duì lìng yígè yāoguài shuō, "Ēn, zhège héshang bǐ nà zhī chǒu zhū hǎoduō le!" Ránhòu tā duì Zhū shuō, "Héshang, nǐ bù zhīdào. Zuówǎn, wǒmen de fūrén dài le yí wèi Táng héshang dào wǒmen de shāndòng. Wǒmen de shuǐ búshì hěn gānjìng, suǒyǐ tā ràng wǒmen cóng zhè kǒu jǐng lǐ qǔ gānjìng de shuǐ. Jīnwǎn jiāng yǒu yì chǎng dà yàn, wǒmen de fūrén jiāng hé Táng héshang jiéhūn!"

Zhū tīngdào zhè huà, pǎo huí dào Sūn Wùkōng nàlǐ, bàogào le zhè yíqiè. Túdìmen gēnzhe liǎng gè yāoguài zǒu le wǔ, liù lǐ lù, zǒu jìn shēn shān zhōng. Ránhòu yāoguài xiāoshī le.

Sūn Wùkōng shuō, "Wǒ xiǎng tāmen jìn le yígè shāndòng. Děng yíxià, wǒ qù kàn kàn." Hěn kuài, tā kàndào yígè gǒngmén, shàngmiàn xiězhe, "Xiànkōng Shān Wúdǐ Dòng." Zài fùjìn, tāmen kàndào le yíkuài sān lǐ kuān de jùdà shítou. Shítou de zhèng zhòngjiān shì yígè yuán dòng. Zhè shì dòng de rùkǒu. Sūn Wùkōng bǎ tóu shēn jìn dòng lǐ, wǎng xià kàn le kàn. Tā shuō, "Xiōngdìmen, zhège dòng hěn dà, hěn shēn. Kěnéng yǒu yìbǎi lǐ kuān."

你们为什么要取水？"

其中一个妖怪对另一个妖怪说，"嗯，这个和尚比那只丑猪好多了！"然后她对<u>猪</u>说，"和尚，你不知道。昨晚，我们的夫人带了一位<u>唐</u>和尚到我们的山洞。我们的水不是很干净，所以她让我们从这口井里取干净的水。今晚将有一场大宴，我们的夫人将和<u>唐</u>和尚结婚！"

<u>猪</u>听到这话，跑回到<u>孙悟空</u>那里，报告了这一切。徒弟们跟着两个妖怪走了五、六里路，走进深山中。然后妖怪消失了。

<u>孙悟空</u>说，"我想她们进了一个山洞。等一下，我去看看。"很快，他看到一个<u>拱门</u>[21]，上面写着，"<u>陷空</u>山<u>无底</u>洞。"在附近，他们看到了一块三里宽的巨大石头。石头的正中间是一个圆洞。这是洞的入口。<u>孙悟空</u>把头伸进洞里，往下看了看。他说，"兄弟们，这个洞很大，很深。可能有一百里宽。"

---

[21] 拱门　　　　gǒngmén – archway

"Wàng le tā ba," Zhū shuō. "Wǒmen jiù bùliǎo shīfu."

"Bié zhème shuō! Fàngxià xínglǐ, jì hǎo mǎ. Wǒ yào nǐ hé Shā shǒuwèi zài dòngkǒu. Wǒ jìn shāndòng lǐ kàn kàn."

Tā tiào rù dòng zhōng. Yì duǒ yún chūxiàn zài tā de jiǎoxià, tā qízhe yún lái dào le dòng dǐ. Nàlǐ míngliàng měilì, mǎn shì yángguāng, qīng fēng, xiānhuā hé guǒshù. Zài fùjìn, tā kàn dào le yìqún lóu. "Zhè yídìng shì xié jīng zhù de dìfāng," tā xiǎng.

Tā yáo le yíxià zìjǐ de shēntǐ, biàn chéng le yì zhī cāngyíng. Tā fēi dào qízhōng yí dòng lóu qián, kàndào lǎoshǔ móguǐ shūfú de zuò zài tíngzi lǐ. Tā bǐ yuèliang shàng de nǚrén Cháng'é hái yào piàoliang. Tā kàn qǐlái hěn kāixīn, tā xiǎngzhe tā hěn kuài jiù huì hé Táng héshang yìqǐ tóng chuáng shuìjiào. Tā duì tā de púrén shuō, "Wǒ de háizimen, zhǔnbèi yànhuì. Hěn kuài, wǒ qīn'ài de héshang hé wǒ jiāng chéngwéi zhàngfū hé qīzi."

Sūn Wùkōng xiǎng, "Wǒ zuì hǎo yào zhīdào shīfu zài xiǎng shénme. Rúguǒ tā zhēnde xiǎng hé zhège móguǐ jiéhūn, wǒ jiù liú tā zài zhèlǐ." Tā fēi dào Tángsēng shēnbiān, tíng zài le tā de tóu shàng.

"忘了它吧，"猪说。"我们救不了师父。"

"别这么说！放下行李，系好马。我要你和沙守卫在洞口。我进山洞里看看。"

他跳入洞中。一朵云出现在他的脚下，他骑着云来到了洞底。那里明亮美丽，满是阳光、轻风、鲜花和果树。在附近，他看到了一群楼。"这一定是邪精住的地方，"他想。

他摇了一下自己的身体，变成了一只苍蝇。他飞到其中一栋楼前，看到老鼠魔鬼舒服地坐在亭子[22]里。她比月亮上的女人嫦娥还要漂亮。她看起来很开心，她想着她很快就会和唐和尚一起同床睡觉。她对她的仆人说，"我的孩子们，准备宴会。很快，我亲爱的和尚和我将成为丈夫和妻子。"

孙悟空想，"我最好要知道师父在想什么。如果他真的想和这个魔鬼结婚，我就留他在这里。"他飞到唐僧身边，停在了他的头上。

---

[22] 亭(子)　　tíng (zi) – pavilion

"Shīfu," tā yòng xiǎo cāngyíng de shēngyīn hǎn dào.

"Jiù jiù wǒ, túdì!" Tángsēng hǎn dào.

"Shīfu, tài wǎn le. Tāmen zhèngzài zhǔnbèi jiéhūn dà yàn. Yànhuì jiéshù hòu, nǐmen liǎ jiù yào jiéhūn le. Hěn kuài nǐ jiù huì yǒu yígè érzi huò nǚ'ér. Nǐ wèishénme bù kāixīn?"

"Túdì, wǒmen yìqǐ zǒu le hǎojǐ nián le. Nǐ jiànguò wǒ chī ròu huò yǒu rènhé xié'è de xiǎngfǎ ma? Zhège xié jīng yào wǒ hé tā jiāohé. Rúguǒ wǒ zhèyàng zuò, wǒ huì diū le wǒ de yáng. Wǒ jiāng cóng dà Zhuǎn Lún Cáng shàng diào xiàlái, wǒ jiāng yǒngyuǎn bèi kùn zài hēi'àn de shān lǐ."

"Hǎo ba, wǒ xiāngxìn nǐ. Nǐ hěn róngyì jìnrù zhège shāndòng, dàn nǐ hěn nán líkāi. Wǒ de jìhuà shì zhèyàng de. Xié jīng huì xiǎng hé nǐ yìqǐ hē yìbēi jiǔ. Nǐ bìxū hē yì diǎndiǎn. Ránhòu mǎshàng bǎjiǔ dào rù tā de bēizi zhōng, zhèyàng bēizi zhōng jiù huì chūxiàn

"师父，"他用小苍蝇的声音喊道。

"救救我，徒弟！"<u>唐僧</u>喊道。

"师父，太晚了。他们正在准备结婚大宴。宴会结束后，你们俩就要结婚了。很快你就会有一个儿子或女儿。你为什么不开心？"

"徒弟，我们一起走了好几年了。你见过我吃肉或有任何邪恶的想法吗？这个邪精要我和她交合[23]。如果我这样做，我会丢了我的阳。我将从大<u>转世轮</u>上掉下来，我将永远被困在黑暗的山里。"

"好吧，我相信你。你很容易进入这个山洞，但你很难离开。我的计划是这样的。邪精会想和你一起喝一杯酒[24]。你必须喝一点点。然后马上把酒倒入她的杯子中，这样杯子中就会出现

---

[23] 交合　　　jiāohé – to mate

[24] A Chinese wedding night tradition is 交杯酒 (jiāo bēi jiǔ), "have a glass of wine." The bride and groom drink cups of wine with their arms crossed. The word for wine, 酒 (jiǔ) sounds like 久(jiǔ) which means a long time, thus symbolizing that they will be together forever.

qìpào. Wǒ huì biàn chéng yì zhī xiǎo chóng, yóu dào qìpào xià. Dāng tā hējiǔ shí, wǒ huì jìnrù tā de dùzi. Wǒ huì lā duàn tā de qìguān, shā le tā."

"Zhè hǎoxiàng yǒudiǎn cánrěn."

"Shīfu, rúguǒ nǐ xiǎng duì tā réncí, wǒ jiù bāng bùliǎo nǐ le. Jìzhù, tā yǐjīng shā le hěnduō héshang."

"Ò, hǎoba. Dàn nǐ yídìng yào hé wǒ jìn yìdiǎn."

"Wǒ dāngrán huì de."

Jiù zài zhè shí, xié jīng lái dào fángjiān ménkǒu, hǎn dào, "Zhǎnglǎo!" Tángsēng méiyǒu huídá. Tā yòu shuō, "Zhǎnglǎo!" Tángsēng méiyǒu huídá. Tā zài xiǎng, "Dāng shétou kāishǐ dòng shí, máfan jiù kāishǐ le." Tā dì sān cì shuō, "Zhǎnglǎo!"

Tā xiǎng, rúguǒ tā yìzhí bù huídá, tā kěnéng huì shēngqì, ránhòu shā le tā. Suǒyǐ tā huídá shuō, "Fūrén, wǒ zài zhèlǐ."

气泡[25]。我会变成一只小虫，游到气泡下。当她喝酒时，我会进入她的肚子。我会拉断她的器官，杀了她。”

“这好像有点残忍。”

“师父，如果你想对她仁慈，我就帮不了你了。记住，她已经杀了很多和尚。”

“哦，好吧。但你一定要和我近一点。”

“我当然会的。”

就在这时，邪精来到房间门口，喊道，“长老！”唐僧没有回答。她又说，“长老！”唐僧没有回答。他在想，“当舌头开始动时，麻烦就开始了。”她第三次说，“长老！”

他想，如果他一直不回答，她可能会生气，然后杀了他。所以他回答说，“夫人，我在这里。”

---

[25] 气泡　　qìpào – bubbles

Tīngdào tā de huídá, xié jīng zǒu jìn le fángjiān. Tā zhēnde hěn piàoliang. Tā de méimáo xiàng liǔ yè. Tā de liǎn xiàng táohuā. Dàn Táng héshang duì tā yìdiǎn gǎnjué dōu méiyǒu. Tā bàozhe tā, shuō, "Zhǎnglǎo, wǒ gěi nǐ ná le yìbēi jiǔ."

"Fūrén," Tángsēng shuō, "Wǒ shì héshang. Wǒ bùnéng chī rènhé bù chúnjié de shíwù."

"Wǒ zhīdào. Wǒ ràng rén cóng shānshàng qǔ lái le yìxiē gānjìng de shuǐ. Tā láizì shānshàng de yīnyáng jiāohé. Wǒ hái yǒu yìxiē shuǐguǒ hé shūcài gěi nǐ. Zhīhòu, wǒmen huì yìqǐ wán dé hěn kāixīn!"

Tā náqǐ yígè jīn bēi, dào mǎn le jiǔ. "Qīn'ài de," tā shuō, "qǐng hē xià zhè bēi ài de jiǔ."

Tángsēng wúshēng de qídǎo, "Tiānshàng de shén a, qǐng tīng wǒ shuō. Zhège kělián de héshang gǎnxiè nǐ, zài wǒ qù xītiān de lǚtú zhōng bǎohù wǒ. Xiànzài wǒ bèi yígè xiǎng hé wǒ jiéhūn de yāoguài jīng kùnzhù le. Rúguǒ zhè jiǔ wǒ kěyǐ hē, wǒ jiù hē, xīwàng wǒ hái néng jiàndào fózǔ. Dànshì, rúguǒ wǒ bùnéng hē zhè jiǔ, wǒ yuàn zàicì jìnrù Zhuǎn Lún Cáng."

听到他的回答，邪精走进了房间。她真的很漂亮。她的眉毛像柳叶。她的脸像桃花。但唐和尚对她一点感觉都没有。她抱着他，说，"长老，我给你拿了一杯酒。"

"夫人，"唐僧说，"我是和尚。我不能吃任何不纯洁的食物。"

"我知道。我让人从山上取来了一些干净的水。它来自山上的阴阳交合。我还有一些水果和蔬菜给你。之后，我们会一起玩得很开心！"

她拿起一个金杯，倒满了酒。"亲爱的，"她说，"请喝下这杯爱的酒。"

唐僧无声地祈祷，"天上的神啊，请听我说。这个可怜的和尚感谢你，在我去西天的旅途中保护我。现在我被一个想和我结婚的妖怪精困住了。如果这酒我可以喝，我就喝，希望我还能见到佛祖。但是，如果我不能喝这酒，我愿再次进入转世轮。"

Sūn Wùkōng xiànzài háishì yì zhī xiǎo cāngyíng. Tā zuò zài Tángsēng de ěr biān, gàosù Tángsēng zhè jiǔ méi wèntí. Tángsēng hē le jiǔ. Ránhòu tā wèi xié jīng dào le lìng yìbēi jiǔ. Tā dào dé hěn kuài, bēizi lǐ chūxiàn qìpào. Sūn Wùkōng tiào jìn le bēizi lǐ.

Dàn xié jīng méiyǒu mǎshàng hē jiǔ. Tā fàngxià bēizi, duì Tángsēng yòu shuō le gèng duō ài de huà. Dāng tā zàicì ná qǐ bēi zǐ shí, qìpào bújiàn le. Tā dītóu kàn le kàn jiǔ, kàndào yì zhī xiǎo chóng. Tā yòng shǒuzhǐ bǎ chóng cóng bēizi lǐ ná chūlái, bǎ tā rēng diào le.

Sūn Wùkōng de jìhuà bèi huǐ le. Hěn kuài, tā biàn chéng le yì zhī hěn è de dà yīng. Tā fēi le qǐlái, dǎ fān le zhuōzi, bǎ suǒyǒu de shuǐguǒ hé shūcài dōu zá zài dìshàng. Xié jīng xià huài le. Tā zhuāzhù Tángsēng shuō, "Qīn'ài de, nà zhī niǎo shì cóng nǎlǐ lái de?"

"Wǒ bù zhīdào," tā huídá.

"Nà dōngxi yídìng shì tiāndì sòng dào zhèlǐ lái de, yīnwèi tāmen bù xǐhuān wǒ bǎ nǐ guān qǐlái." Tā zhuǎnshēn duì púrén shuō, "Bǎ zhèxiē suì pánzi hé shíwù dōu rēng diào. Zài zhǔnbèi yígè yànhuì. Shì búshì sù de dōu méiguānxì, zhǐyào kuàidiǎn zuò jiù xíng

孙悟空现在还是一只小苍蝇。他坐在唐僧的耳边，告诉唐僧这酒没问题。唐僧喝了酒。然后他为邪精倒了另一杯酒。他倒得很快，杯子里出现气泡。孙悟空跳进了杯子里。

但邪精没有马上喝酒。她放下杯子，对唐僧又说了更多爱的话。当她再次拿起杯子时，气泡不见了。她低头看了看酒，看到一只小虫。她用手指把虫从杯子里拿出来，把它扔掉了。

孙悟空的计划被毁了。很快，他变成了一只很饿的大鹰。他飞了起来，打翻了桌子，把所有的水果和蔬菜都砸在地上。邪精吓坏了。她抓住唐僧说，"亲爱的，那只鸟是从哪里来的？"

"我不知道，"他回答。

"那东西一定是天地送到这里来的，因为它们不喜欢我把你关起来。"她转身对仆人说，"把这些碎盘子和食物都扔掉。再准备一个宴会。是不是素的都没关系，只要快点做就行

le. Ránhòu wǒmen jiéhūn.”

Zài tāmen děng dì èr gè yànhuì de shíhòu, Sūn Wùkōng fēi chū le shāndòng, biàn huí le tā zìjǐ de yàngzi, jiàn le Zhū hé Shā. Tā shuō, “Wǒmen de shīfu hé móguǐ gānggāng hē le yìbēi jiéhūn jiǔ. Hěn kuài, tāmen jiāng jǔxíng hūnlǐ yànhuì, jiéhūn. Ránhòu tā jiāng hé tā zài tāmen de chuángshàng zuò tā xiǎng yào zuò de shì. Dàn bié dānxīn, wǒ huì huíqù jiù tā.”

Ránhòu tā yòu biàn chéng le yì zhī cāngyíng, fēi huí le shāndòng. Tā tíng zài Tángsēng de tóu shàng. Tángsēng kàn dào tā, shuō dào, “Hóuzi! Nǐ yòng nǐ de mófǎ zá suì le suǒyǒu de pánzi. Dàn zhè yǒu shénme yòng ne? Móguǐ bǐ yǐqián rènhé shíhòu dōu gèng xiǎng hé wǒ jiāohé! Shénme shíhòu cáinéng jiéshù zhège?”

“Shīfu, bié dānxīn, wǒ huì jiù nǐ de. Zhè jiān fángjiān de hòumiàn shì yígè huāyuán. Nǐ bìxū ràng tā dài nǐ dào huāyuán lǐ, hé nǐ yìqǐ wán. Hé tā yìqǐ zuò zài táo shù xià. Wǒ huì biàn chéng yì zhī hóng táozi. Bǎ táozi gěi tā. Tā huì tūn chī xià táozi, wǒ huì zài tā de dùzi lǐ. Nà jiāng shì tā jiéshù de shíhòu!”

Tángsēng duì zhège jìhuà yǒuxiē dānxīn, dàn háishì diǎn le diǎn tóu.

了。然后我们结婚。"

在他们等第二个宴会的时候，孙悟空飞出了山洞，变回了他自己的样子，见了猪和沙。他说，"我们的师父和魔鬼刚刚喝了一杯结婚酒。很快，他们将举行婚礼宴会，结婚。然后她将和他在他们的床上做她想要做的事。但别担心，我会回去救他。"

然后他又变成了一只苍蝇，飞回了山洞。他停在唐僧的头上。唐僧看到他，说道，"猴子！你用你的魔法砸碎了所有的盘子。但这有什么用呢？魔鬼比以前任何时候都更想和我交合！什么时候才能结束这个？"

"师父，别担心，我会救你的。这间房间的后面是一个花园。你必须让她带你到花园里，和你一起玩。和她一起坐在桃树下。我会变成一只红桃子。把桃子给她。她会吞吃下桃子，我会在她的肚子里。那将是她结束的时候！"

唐僧对这个计划有些担心，但还是点了点头。

Tā hǎn dào, "Fūrén! Jǐ tiān qián, wǒ shēngbìng le. Jīntiān wǒ gǎnjué hǎo yìdiǎn, dàn wǒ xiǎng fàngsōng yíxià. Nǐ yǒu méiyǒu kěyǐ wán de dìfāng?"

Móguǐ tīngdào zhège, fēicháng gāoxìng. "Suǒyǐ, qīn'ài de, nǐ juédé nǐ yǒu le xiē xìngqù, ń? Wǒmen qù huāyuán, zài nàlǐ wán dé kāixīn." Tāmen shǒu qiān shǒu zǒu jìn huāyuán. Tā dī shēng duì tā shuō, "Qīn'ài de, wǒmen dào le. Ràng wǒmen wán dé kāixīn, tā huì ràng nǐ gǎnjué gèng hǎo!"

Tāmen chuānguò huāyuán, kànzhe měilì de huācǎo shùmù. Tángsēng kàndào le táo shù. Tā tíng zài nàlǐ shuō, "Fūrén, kàn kàn nà kē kě'ài de táo shù. Gàosù wǒ, wèishéme yǒuxiē táozi shì lǜ de, yǒuxiē shì hóng de?"

"Rúguǒ tiānkōng méiyǒu yīn hé yáng, wǒmen jiù bù zhīdào tàiyáng hé yuèliang. Rúguǒ dìqiú méiyǒu yīn hé yáng, cǎomù jiù bú huì shēngzhǎng. Rúguǒ rén méiyǒu yīn hé yáng, nánnǚ jiù huì bù fēn. Zài zhèlǐ, nánbian de táozi yǒu tàiyáng guāng, tāmen xiān chéngshú. Běibian

他喊道，"夫人！几天前，我生病了。今天我感觉好一点，但我想放松一下。你有没有可以玩的地方？"

魔鬼听到这个，非常高兴。"所以，亲爱的，你觉得你有了些兴趣，嗯？我们去花园，在那里玩得开心。"他们手牵手走进花园。她低声对他说，"亲爱的，我们到了。让我们玩得开心，它会让你感觉更好！"

他们穿过花园，看着美丽的花草树木。<u>唐僧</u>看到了桃树。他停在那里说，"夫人，看看那棵可爱的桃树。告诉我，为什么有些桃子是绿的，有些是红的？"

"如果天空没有阴和阳，我们就不知道太阳和月亮。如果地球没有阴和阳，草木就不会生长。如果人没有阴和阳，男女就会不分。在这里，南边的桃子有太阳光，它们先成熟。北边

de táozi méiyǒu tàiyáng guāng, suǒyǐ tāmen hái méiyǒu chéngshú."

"Xièxiè nǐ, wǒ bù zhīdào zhèxiē." Tā zhāi le yígè hóng táo gěi tā. Xié jīng zhāi le yígè lǜ táo gěi tā. Tā zhāng kāi zuǐ, kāishǐ chī lǜ táo. Xié jīng hěn gāoxìng, zhāng kāi tā kě'ài de zuǐ, kāishǐ chī hóng táo. Tā zhèyàng zuò de shíhòu, hóuzi jiù tiào jìn le tā de zuǐ lǐ, gǔn dào tā de dùzi lǐ.

"Zhège táozi yǒu wèntí," tā jiào dào. "Zài wǒ hái méiyǒu yǎo tā zhīqián, tā jiù gǔn rù le wǒ de zuǐ lǐ."

"Zhè shì yīnwèi nǐ xǐhuān měilì de dōngxi," tā huídá shuō.

Sūn Wùkōng zài dùzi lǐ shuō, "Shīfu, nǐ búyòng hé tā duō shuō. Wǒ yǐjīng chénggōng le."

"Shuí zài shuōhuà?" Móguǐ wèn dào.

Tángsēng shuō, "Shì wǒ de túdì Sūn Wùkōng. Tā zài hóng táozi

的桃子没有太阳光，所以它们还没有成熟[26]。"

"谢谢你，我不知道这些。"他摘了一个红桃给她。邪精摘了一个绿桃给他。他张开嘴，开始吃绿桃。邪精很高兴，张开她可爱的嘴，开始吃红桃。她这样做的时候，猴子就跳进了她的嘴里，滚到她的肚子里。

"这个桃子有问题，"她叫道。"在我还没有咬它之前，它就滚入了我的嘴里。"

"这是因为你喜欢美丽的东西，"他回答说。

孙悟空在肚子里说，"师父，你不用和她多说。我已经成功了。"

"谁在说话？"魔鬼问道。

唐僧说，"是我的徒弟孙悟空。他在红桃子

---

[26] The original meaning of the word *yin* was "the shaded side of a hill" and *yang* was "the sunny side of a hill." Peasants would go to work when the sky was bright, and return home to rest when the sky was dark, living life in balance. So over time, *yin* and *yang* evolved as complements to each other and developed their modern meaning as the feminine and masculine aspects of *qi*, the fundamental energy of the universe.

lǐ. Xiànzài tā zài nǐ de dùzi lǐ."

"Ò, wǒ sǐ le! Hóuzi, nǐ wèishénme yào zhèyàng zuò?"

"Wǒ xiǎng chī diào nǐ suǒyǒu de qìguān, zhǐ liú xià gǔtou."

Kě'ài de móguǐ zhuāzhù Tángsēng shuō, "Qīn'ài de, wǒ yǐwéi wǒmen huì yǒngyuǎn zài yìqǐ. Wǒmen xiàng yú hé shuǐ yíyàng nàme jìn. Wǒ cónglái méiyǒu xiǎngguò wǒmen huì fēnkāi. Wǒmen shénme shíhòu cáinéng zài jiànmiàn?"

Sūn Wùkōng tīngdào le zhè huà. Tā pà tā de shīfu huì ràng tā duì móguǐ réncí. Suǒyǐ tā kāishǐ zài tā de shēntǐ lǐ yòu tī yòu tiào. Yīnwèi tài tòng le, ràng tā tíngzhǐ le shuōhuà, dǎo zài le dìshàng. Tā de púrén zài huāyuán wài děngzhe. Dāng tāmen tīngdào zhèxiē shēngyīn shí, chōng le jìnlái. "Nǐ méishì ba, fūrén?" tāmen wèn.

"Shénme dōu búyào wèn, mǎshàng bǎ héshang sòng chūqù."

"Bù," Sūn Wùkōng zài dùzi lǐ shuō. "Nǐ bìxū zìjǐ bǎ wǒ de shīfu sòng chūqù. Nà wǒ jiù ràng nǐ huózhe."

"Hǎoba," tā huídá. "Zhǐyào míngliàng de yuèliang hái zài tiān

里。现在他在你的肚子里。"

"哦，我死了！猴子，你为什么要这样做？"

"我想吃掉你所有的器官，只留下骨头。"

可爱的魔鬼抓住唐僧说，"亲爱的，我以为我们会永远在一起。我们像鱼和水一样那么近。我从来没有想过我们会分开。我们什么时候才能再见面？"

孙悟空听到了这话。他怕他的师父会让他对魔鬼仁慈。所以他开始在她的身体里又踢又跳。因为太痛了，让她停止了说话，倒在了地上。她的仆人在花园外等着。当她们听到这些声音时，冲了进来。"你没事吧，夫人？"她们问。

"什么都不要问，马上把和尚送出去。"

"不，"孙悟空在肚子里说。"你必须自己把我的师父送出去。那我就让你活着。"

"好吧，"她回答。"只要明亮的月亮还在天

kōng zhōng, wǒ jiù huì zhǎodào lìng yígè dìfāng xià gōu.

Wǒ huì bǎ zhège rén sòng dào wàimiàn, ránhòu wǒ huì zhǎodào lìng yígè rén."

Tā qízhe yún, bǎ Tángsēng dài chū le shāndòng.

空中，我就会找到另一个地方下钩。我会把这个人送到外面，然后我会找到另一个人。”

她骑着云，把<u>唐僧</u>带出了山洞。

Dì 83 Zhāng

Xié jīng bǎ Tángsēng dài dào shāndòng wài, bǎ tā fàng zài dìshàng. Shā zǒu dào tā miànqián, wèn dào, "Gēge zài nǎlǐ?"

"Tā zài móguǐ de dùzi lǐ," Tángsēng huídá.

Zhū shuō, "Lǐmiàn zhēn de hěn zàng. Gēge, nǐ zài nà'er zuò shénme? Chūlái ba!"

Sūn Wùkōng zài móguǐ de dùzi lǐ shuō, "Zhāng kāi nǐ de zuǐ, wǒ yào chūlái le." Tā zhào tā shuō de zhāng kāi le zuǐ. Sūn Wùkōng zhǔnbèi líkāi, dàn tā yòu xiǎng, "Tā kěnéng huì yǎo wǒ." Suǒyǐ, tā bǎ jīn gū bàng biàn chéng le yì kē shí zǎo, fàng zài tā de shàngxià yáchǐ zhījiān, ràng tā de zuǐ zhāng kāi. Ránhòu tā tiào le chūlái, biàn huí le tā zìjǐ de yàngzi, ná le tā de bàng qù dǎ tā. Tā báchū tā de liǎng bǎ jiàn, zhàndòu kāishǐ le.

Liǎng bǎ fēi jiàn bǎohùzhe tā de liǎn

Jīn gū bàng jī xiàng tā de tóu

Yígè shì tiānshēng de hóuzi

Lìng yígè shì dìqiú nǚhái biàn chéng de jīng

第 83 章

邪精把<u>唐僧</u>带到山洞外，把他放在地上。<u>沙</u>走到他面前，问道，"哥哥在哪里？"

"他在魔鬼的肚子里，"<u>唐僧</u>回答。

<u>猪</u>说，"里面真的很脏。哥哥，你在那儿做什么？出来吧！"

<u>孙悟空</u>在魔鬼的肚子里说，"张开你的嘴，我要出来了。"她照他说的张开了嘴。<u>孙悟空</u>准备离开，但他又想，"她可能会咬我。"所以，他把金箍棒变成了一颗石枣，放在她的上下牙齿之间，让她的嘴张开。然后他跳了出来，变回了他自己的样子，拿了他的棒去打她。她拔出她的两把剑，战斗开始了。

两把飞剑保护着她的脸

金箍棒击向她的头

一个是天生的猴子

另一个是地球女孩变成的精

Liǎng rén dōu hěn shēngqì

Bàng jǔ qǐ shí, tiānkōng zhōng chūxiàn le lěng wù

Yòng jiàn shí, dàdì yáodòng

Tāmen zhàndòu le hěn cháng shíjiān

Dì dòng, shān yáo, shùmù dǎo

Zhū hé Shā kàn le yīhuǐ'er zhàndòu. Ránhòu tāmen pǎo xiàng móguǐ, yòng bàzi hé guǎizhàng gōngjī tā. Móguǐ fēi dào Tángsēng shēnbiān, yì zhī shǒu bàozhù tā, lìng yì zhī shǒu zhuāzhù xínglǐ hé mǎ, fēi zǒu le.

Sūn Wùkōng hěn shēngqì, dàn Zhū kāishǐ dà xiào. "Yǒu shénme hǎoxiào de?" hóuzi hǎn dào.

Zhū huídá shuō, "Móguǐ bǎ shīfu dài huí le tā de shāndòng. Nǐ yǐjīng qùguò nàlǐ liǎng cì le. Dì sān cì nǐ yídìng huì chénggōng!"

"Hǎoba, wǒ qù nàlǐ. Nǐmen liǎng gè shǒuwèizhe dòngkǒu." Dà shèng yòng tā de jīndǒu yún jìnrù le shāndòng. Tā zhí zhí de fēi xiàng móguǐ de jiā. Dàmén guānzhe, dàn zhè duì tā lái shuō bú shì wèntí. Tā yòng bàng zá suì le dàmén. Tā zǒu jìn wūzi, kàn le sì

两人都很生气

棒举起时，天空中出现了冷雾

用剑时，大地摇动

他们战斗了很长时间

地动，山摇，树木倒

猪和沙看了一会儿战斗。然后他们跑向魔鬼，用耙子和拐杖攻击她。魔鬼飞到唐僧身边，一只手抱住他，另一只手抓住行李和马，飞走了。

孙悟空很生气，但猪开始大笑。"有什么好笑的？"猴子喊道。

猪回答说，"魔鬼把师父带回了她的山洞。你已经去过那里两次了。第三次你一定会成功！"

"好吧，我去那里。你们两个守卫着洞口。"大圣用他的筋斗云进入了山洞。他直直地飞向魔鬼的家。大门关着，但这对他来说不是问题。他用棒砸碎了大门。他走进屋子，看了四

zhōu. Nàlǐ méiyǒu rén. Dàn tā wéndào le cóng lìng yígè fángjiān chuán lái de xiāng de wèidào.

Tā pǎo jìn le lìng yígè fángjiān. Nàlǐ yě méiyǒu rén. Dànshì yǒu yì zhāng shāoxiāng de zhuōzi. Zhuōzi shàng fàngzhe yíkuài jīn pái. Shàngmiàn yòng dà zì xiězhe, "Zūnjìng de fùqīn, Lǐ Wáng." Yòng xiǎo yìdiǎn de zì xiězhe, "Zūnjìng de gēge, Nézhā Tàizǐ."

Sūn Wùkōng zhuāqǐ páizi, bǎ tā dài huíqù gěi Zhū hé Shā kàn. "Kàn," tā duì tāmen shuō, "wǒ zài móguǐ de jiālǐ fāxiàn le zhège. Wǒ rènwéi móguǐ shì Lǐ Wáng de nǚ'ér, Nézhā Tàizǐ de mèimei. Wǒ xiǎng tā xiàngwǎng shēnghuó zài rénjiān, suǒyǐ tā biàn chéng rén de yàngzi. Xiànzài tā bǎ wǒmen de shīfu dài zǒu le. Wǒ huì bǎ zhè kuài páizi dài dào tiāngōng, xiàng Yùhuáng Dàdì bàoyuàn. Tā huì mìnglìng móguǐ bǎ wǒmen de shīfu huán gěi wǒmen."

"Nǐ zuì hǎo xiǎoxīn diǎn," Zhū shuō. "Rúguǒ huángdì juédìng yào

周。那里没有人。但他闻到了从另一个房间传来的香的味道。

他跑进了另一个房间。那里也没有人。但是有一张烧香的桌子。桌子上放着一块金牌。上面用大字写着，"尊敬的父亲，李王。"用小一点的字写着，"尊敬的哥哥，哪吒太子[27]。"

孙悟空抓起牌子，把它带回去给猪和沙看。"看，"他对他们说，"我在魔鬼的家里发现了这个。我认为魔鬼是李王的女儿，哪吒太子的妹妹。我想她向往生活在人间，所以她变成人的样子。现在她把我们的师父带走了。我会把这块牌子带到天宫，向玉皇大帝抱怨[28]。他会命令魔鬼把我们的师父还给我们。"

"你最好小心点，"猪说。"如果皇帝决定要

---

[27] Sun Wukong knows these two immortals very well. At the Jade Emperor's command they fought against the Monkey King five hundred years earlier (see Book 2, *Trouble in Heaven*). Later they helped Sun Wukong defeat the Great Buffalo King (Book 17, *The Thieves*) and the Bull Demon (Book 20, *The Burning Mountain*).

[28] 抱怨　　bàoyuàn – to complain, complaint

fănduì nǐ, nǐ kěnéng huì diū le nǐ de shēngmìng!"

"Zhè jiùshì wǒ yào gàosù huángdì de, 'Yígè xié jīng băng le wǒ de shīfu. Zhège xié jīng jiùshì Lǐ Wáng de nǚ'ér. Guówáng méiyǒu kānhù hǎo tā de nǚ'ér. Tā ràng tā pǎo le, chéng le yígè xié jīng. Tā zhǎo le hěnduō máfan, shā sǐ le hěnduō rén. Tā xiànzài bǎ wǒ shīfu dài dào le yígè zhǎo bú dào tā de dìfāng. Wǒ qiú bìxià kòngzhì zhège móguǐ, ràng wǒ de shīfu huílái. Wǒ hái qiú bìxià duì zhè gěichū zhèngquè de chéngfá.' "

"Tài hǎo le! Kuàizǒu ba, yào gǎn zài móguǐ shānghài wǒmen de shīfu zhīqián."

"Wǒ huì zài yìbēi chá de shíjiān lǐ huílái de."

Sūn Wùkōng názhe páizi shàng dào nán tiānmén, ránhòu dào le Tōngmíng Diàn, tiānshàng de sì wèi lǎoshī jiàn le tā. "Wǒ xiǎng gào liǎng gè rén." Sì wèi lǎoshī bǎ tā dài dào Língxiāo Diàn, Sūn Wùkōng zài nàlǐ gěi le Yùhuáng Dàdì tā de bàoyuàn wénshū. Huángdì de yí wèi dàchén, Tàibái Jīnxīng, jiēguò bàoyuàn wénshū hé páizi, bǎ tāmen fàng zài huángdì miànqián de zhuōzi shàng. Huángdì dú le bàoyuàn wénshū, yòu kàn le kàn páizi. Ránhòu tā ràng Tàibái Jīnxīng bǎ Lǐ Wáng jiào lái

反对你，你可能会丢了你的生命！"

"这就是我要告诉皇帝的，'一个邪精绑了我的师父。这个邪精就是李王的女儿。国王没有看护好他的女儿。他让她跑了，成了一个邪精。她找了很多麻烦，杀死了很多人。她现在把我师父带到了一个找不到他的地方。我求陛下控制这个魔鬼，让我的师父回来。我还求陛下对这给出正确的惩罚。'"

"太好了！快走吧，要赶在魔鬼伤害我们的师父之前。"

"我会在一杯茶的时间里回来的。"

孙悟空拿着牌子上到南天门，然后到了通明殿，天上的四位老师见了他。"我想告两个人。"四位老师把他带到灵霄殿，孙悟空在那里给了玉皇大帝他的抱怨文书。皇帝的一位大臣，太白金星，接过抱怨文书和牌子，把它们放在皇帝面前的桌子上。皇帝读了抱怨文书，又看了看牌子。然后他让太白金星把李王叫来

gōng zhōng. Sūn Wùkōng wèn tā shì búshì kěyǐ yìqǐ qù, huángdì tóngyì le.

Dāng tāmen lái dào Lǐ Wáng de gōngdiàn shí, Lǐ Wáng shuō, "Zhè shì zěnme huí shì?"

Tàibái Jīnxīng huídá shuō, "Dà shèng yǐjīng gào le nǐ. Tā shuō nǐ ràng yígè xié jīng bǎng le tā de shīfu."

Lǐ Wáng dú le bàoyuàn wénshū. Tā tūrán bǎ quántóu zá zài zhuōzi shàng, dà hǎn, "Shuōhuǎng! Dōu shì zài shuōhuǎng!"

"Tā shuō nǐ nǚ'ér bǎng le tā de shīfu."

"Zhè bù kěnéng shì zhēnde. Wǒ zhǐyǒu yígè nǚ'ér, tā zhǐyǒu liù suì. Zhè zhī hóuzi zài shuōhuǎng. Nǐ zhīdào de, gào jià zuìxíng de chéngfá bǐ yǒuzuì de chéngfá yào zhòng sān gè jíbié. Bǎ nà zhī hóuzi bǎng qǐlái!" Tā de sān gè púrén zhuā zhù Sūn Wùkōng, bǎ tā bǎng le qǐlái. Guówáng jìxù shuō, "Xiànzài, zài zhèlǐ děngzhe. Wǒ qù ná wǒ de jiàn, shā sǐ zhè zhī zhǎo máfan de húsūn."

Zài Tàibái Jīnxīng zǔzhǐ tā zhīqián, Lǐ Wáng zhuāqǐ le tā de jiàn,

宫中。孙悟空问他是不是可以一起去，皇帝同
意了。

当他们来到李王的宫殿时，李王说，"这是怎
么回事？"

太白金星回答说，"大圣已经告了你。他说你
让一个邪精绑了他的师父。"

李王读了抱怨文书。他突然把拳头砸在桌子
上，大喊，"说谎！都是在说谎！"

"他说你女儿绑了他的师父。"

"这不可能是真的。我只有一个女儿，她只有
六岁。这只猴子在说谎。你知道的，告假罪行
的惩罚比有罪的惩罚要重三个级别。把那只猴
子绑起来！"他的三个仆人抓住孙悟空，把他
绑了起来。国王继续说，"现在，在这里等
着。我去拿我的剑，杀死这只找麻烦的猢
狲。"

在太白金星阻止他之前，李王抓起了他的剑，

zǒu dào Sūn Wùkōng shēnbiān, bǎ tā dǎ xiàng hóuzi de tóu. Dàn jiù zài tā jī zhòng tā de tóu zhīqián, lìng yì bǎ jiàn dǎngzhù le tā. Nézhā Tàizǐ wòzhe jiàn. Tā duì guówáng shuō, "Fùqīn, qǐng fàngxià nǐ de fènnù."

Xiànzài, zhè shì Nézhā Tàizǐ de gùshì. Zài tā chūshēng shí, zuǒshǒu xiězhe 'Né' yòushǒu xiězhe 'Zhā' suǒyǐ tā bèi jiàozuò 'Né Zhā'. Sān tiānhòu, xiǎo Nézhā tiào jìn hǎilǐ, zhuā zhù yìtiáo lóng, shā sǐ le tā, yòng tā wèi zìjǐ zuò le yìtiáo yāodài. Guówáng kàn dào le zhè. Tā fēicháng hàipà zhège nánhái, juédìng shā le tā.

Nézhā tīngshuō le tā fùqīn de jìhuà. Tā yòng yì bǎ jiàn kǎn xià tā de ròu, bǎ tā gěi le tā de mǔqīn. Ránhòu kǎn xià tā de gǔtou, bǎ tā gěi le tā de fùqīn. Huán le fùmǔ de zhài yǐhòu, tā fēi wǎng xītiān, qiú fózǔ bāngmáng. Fózǔ bāng Nézhā yòng lián gēn zuò le gǔtou, yòng lián yè zuò le yīfú, ràng tā huīfù le shēngmìng.

Huí dào shēngmìng yǐhòu, Nézhā xiǎng shā sǐ tā de guówáng fùqīn. Guówáng qǐngqiú fózǔ jiù tā. Suǒyǐ fózǔ gěi le guówáng yízuò dà bǎotǎ, lǐmiàn yǒu xǔduō fóxiàng. Ránhòu fózǔ gàosù Nézhā kànzhe

走到孙悟空身边，把它打向猴子的头。但就在它击中他的头之前，另一把剑挡住了它。哪吒太子握着剑。他对国王说，"父亲，请放下你的愤怒。"

现在，这是哪吒太子的故事。在他出生时，左手写着'哪'右手写着'吒'所以他被叫做'哪吒'。三天后，小哪吒跳进海里，抓住一条龙，杀死了它，用它为自己做了一条腰带。国王看到了这。他非常害怕这个男孩，决定杀了他。

哪吒听说了他父亲的计划。他用一把剑砍下他的肉，把它给了他的母亲。然后砍下他的骨头，把它给了他的父亲。还了父母的债以后，他飞往西天，求佛祖帮忙。佛祖帮哪吒用莲根做了骨头，用莲叶做了衣服，让他恢复了生命。

回到生命以后，哪吒想杀死他的国王父亲。国王请求佛祖救他。所以佛祖给了国王一座大宝塔，里面有许多佛像。然后佛祖告诉哪吒看着

zhèxiē diāoxiàng, jiù hǎoxiàng tāmen dōu shì tā de fùqīn yíyàng. Zhè ràng Nézhā fàngxià le fènnù.

Dàn xiànzài, guówáng hàipà Nézhā zàicì xiǎng shā le tā. Tā duì Nézhā shuō, "Érzi, nǐ wèishénme yào zǔzhǐ wǒ shā sǐ zhè zhī húsūn?"

"Fùqīn, nǐ wàng le nǐ hái yǒu yígè nǚ'ér. Sānbǎi nián qián, yígè xié jīng biàn chéng le yígè yāoguài. Tā cóng fózǔ de sìmiào lǐ tōu zǒu le xiāng hé huā. Nǐ zhuāzhù le tā. Nǐ xiǎng shā le tā, dàn fózǔ gàosù nǐ, ràng tā huó xiàqù. Yīnwèi nǐ ràng tā huózhe, nǚhái xiàng duì tā fùqīn nàyàng xiàng nǐ jūgōng, xiàng duì tā gēge nàyàng xiàng wǒ jūgōng. Zài tā de jiālǐ, tā fàng le yì zhāng zhuōzi, wèi wǒmen shāoxiāng. Nǐ xiànzài jì qǐlái le ma?"

"Érzi, wǒ wàng le zhège. Tā jiào shénme míngzì?"

"Tā yǒu sān gè míngzì. Xiān shī zài tiānshàng, tā shì Jīnbí Báimáo Lǎoshǔ Jīng. Hòulái tā bèi gǎimíng wèi Bàn Guānyīn, yīnwèi tā tōu le fózǔ de xiāng hé huā. Hòulái, dāng tā bèi sòng dào rénjiān shí, tā zàicì bǎ zìjǐ de míngzì gǎi wèi Dì Yǒng Fūrén."

Lǐ Wáng diǎn le diǎn tóu, kāishǐ sōng kāi Sūn Wùkōng. Dàn Sūn Wùkōng hěn

这些雕像，就好像它们都是他的父亲一样。这让哪吒放下了愤怒。

但现在，国王害怕哪吒再次想杀了他。他对哪吒说，"儿子，你为什么要阻止我杀死这只猢狲？"

"父亲，你忘了你还有一个女儿。三百年前，一个邪精变成了一个妖怪。她从佛祖的寺庙里偷走了香和花。你抓住了她。你想杀了她，但佛祖告诉你，让她活下去。因为你让她活着，女孩像对她父亲那样向你鞠躬，像对她哥哥那样向我鞠躬。在她的家里，她放了一张桌子，为我们烧香。你现在记起来了吗？"

"儿子，我忘了这个。她叫什么名字？"

"她有三个名字。先是在天上，她是金鼻白毛老鼠精。后来她被改名为半观音，因为她偷了佛祖的香和花。后来，当她被送到人间时，她再次把自己的名字改为地涌夫人。"

李王点了点头，开始松开孙悟空。但孙悟空很

shēngqì, duì guówáng shuō, "Búyào sōng kāi wǒ. Jiù zhèyàng bǎ wǒ dài huí dào huángdì nàlǐ. Wǒ xiǎng ràng huángdì kàn kàn nǐ duì wǒ zuò le shénme."

"Hóuzi," Tàibái Jīnxīng shuō, "qǐng búyào zài zhèlǐ zhǎo máfan. Jìzhù wǒ wèi nǐ zuò de hǎoshì. Wǔbǎi nián qián, dāng nǐ zài tiāngōng lǐ zhǎo máfan de shíhòu, hěnduō rén dōu xiǎng zhuā nǐ. Dànshì wǒ wèi nǐ shuō le hǎohuà, suǒyǐ nǐ méiyǒu bèi zhuā, hái dédào le yí fèn zhàogù huángdì de mǎ de gōngzuò. Ránhòu nǐ hē le yìxiē huángdì de jiǔ, dàn nǐ méiyǒu yīnwèi zhè bèi zhuā, hái dé le 'Qí Tiān Dà Shèng' de míngzì. Wǒ shì nàge bāngzhù nǐ de rén. Xiànzài wǒ qiú nǐ ràng dàwáng sōng kāi nǐ de shéngzi."

"Ò, hǎoba. Zhèng xiàng gǔrén shuō de, 'Búyào hé lǎorén tóng fénmù, nǐ huì yìzhí tīngdào tā de bàoyuàn.' Ràng dàwáng sōng kāi wǒ ba."

Tàibái Jīnxīng shuō, "Hái yǒu yí jiàn shì. Nǐ yǐjīng gào le Lǐ Wáng. Rúguǒ nǐmen xiǎng dehuà, nǐmen liǎ kěyǐ wèi zhè zhēnglùn hěn cháng shíjiān. Dàn qǐng jìzhù, tiāngōng de yìtiān shì rénjiān de yì nián. Rúguǒ nǐ zài zhèlǐ tài jiǔ, nǐ de shīfu kěnéng yǐjīng jiéhūn le, bàozhe yígè héshang háizi!"

生气，对国王说，"不要松开我。就这样把我
带回到皇帝那里。我想让皇帝看看你对我做了
什么。"

"猴子，"<u>太白金星</u>说，"请不要在这里找麻
烦。记住我为你做的好事。五百年前，当你在
天宫里找麻烦的时候，很多人都想抓你。但是
我为你说了好话，所以你没有被抓，还得到了
一份照顾皇帝的马的工作。然后你喝了一些皇
帝的酒，但你没有因为这被抓，还得了'<u>齐天
大圣</u>'的名字。我是那个帮助你的人。现在我
求你让大王松开你的绳子。"

"哦，好吧。正像古人说的，'不要和老人同
坟墓，你会一直听到他的抱怨。'让大王松开
我吧。"

<u>太白金星</u>说，"还有一件事。你已经告了<u>李
王</u>。如果你们想的话，你们俩可以为这争论很
长时间。但请记住，天宫的一天是人间的一
年。如果你在这里太久，你的师父可能已经结
婚了，抱着一个和尚孩子！"

"Nǐ shuō dé duì," hóuzi shuō. "Wǒmen gāi zěnme bàn?"

"Lǐ Wáng hé tā de shìbīng kěyǐ hé nǐ yìqǐ qù rénjiān, dǎbài móguǐ. Wǒ huì gàosù Yùhuáng Dàdì, nǐ yǐjīng fàngqì le nǐ de bàoyuàn." Sūn Wùkōng tóngyì le.

Sūn Wùkōng tiào shàng le yì duǒ yún. Lǐ Wáng hé Nézhā Tàizǐ yě shàng le nà duǒ yún, hé tāmen yìqǐ de hái yǒu Lǐ Wáng de dàjiàng, zhǐhuī guān hé jǐ qiān míng shìbīng. Tāmen yìqǐ fēi xiàng rénjiān. Tāmen lái dào le Xiànkōng Shān.

Zhū hé Shā kàndào zhè zhī cóng tiānshàng xiàlái de jūnduì, zhāngdà le yǎnjīng. Zhū duì guówáng shuō, "Xièxiè nǐ guòlái. Wǒmen gěi nǐ dài lái le hěnduō máfan."

Lǐ Wáng huídá shuō, "Wǒ de zhū péngyǒu, nǐ bù zhīdào, nàge móguǐ yǐjīng wèi wǒmen shāo le hěnduō nián de xiāng. Wǒmen jiēshòu le tā gěi wǒmen shāo de xiāng. Suǒyǐ, tā zhuā le nǐ de shīfu, bùfèn shì wǒmen de cuò. Hěn duìbùqǐ, wǒmen yòng le zhème cháng shíjiān cái lái dào zhèlǐ. Nàme, shāndòng de rùkǒu zài nǎ

"你说得对，"猴子说。"我们该怎么办？"

"李王和他的士兵可以和你一起去人间，打败魔鬼。我会告诉玉皇大帝，你已经放弃了你的抱怨。"孙悟空同意了。

孙悟空跳上了一朵云。李王和哪吒太子也上了那朵云，和他们一起的还有李王的大将、指挥官[29]和几千名士兵。他们一起飞向人间。他们来到了陷空山。

猪和沙看到这支从天上下来的军队，张大了眼睛。猪对国王说，"谢谢你过来。我们给你带来了很多麻烦。"

李王回答说，"我的猪朋友，你不知道，那个魔鬼已经为我们烧了很多年的香。我们接受了她给我们烧的香。所以，她抓了你的师父，部分是我们的错。很对不起，我们用了这么长时间才来到这里。那么，山洞的入口在哪

---

[29] 指挥官　　zhǐhuī guān – military commander

lǐ?"

Sūn Wùkōng dài tāmen zǒu le sān, sì lǐ lù, cái dào le Wúdǐ Dòng de rùkǒu. Dāng tāmen dào le rùkǒu shí, Lǐ Wáng shuō, "Yào zhuāzhù lǎohǔ, nǐ bìxū rù lǎohǔ de dòng. Dà shèng hé wǒ de érzi, shìbīng yìqǐ rù dòng. Zhū hé Shā, nǐmen hé wǒ yìqǐ zài zhèlǐ děngzhe, wǒmen shǒuwèi zài rùkǒu. Tā jiāng méiyǒu bànfǎ táozǒu."

Sūn Wùkōng hé Nēzhā jìnrù le shāndòng. Tāmen kàndào le shénme?

> Dòng zhōng tàiyáng yuèliang guà tiānkōng
> Hé shān jiù xiàng wàimiàn de shìjiè yíyàng
> Wēnnuǎn de wùqì piāo zài měilì de shuǐchí shàng
> Hóngsè de fángzi, cǎisè de dàdiàn,
> Hóngsè de xuányá, lǜsè de nóngtián,
> Chūntiān de liǔ shù, qiūtiān de liánhuā
> Zhège dòng jiù xiàng tiāntáng yíyàng

Tāmen fēi dào le móguǐ de jiā. Tāmen zǒu jìn wū lǐ, kàn le sìzhōu. Tāmen jiǎnchá le měi yígè fángjiān, tāmen dǎkāi le měi yí shàn mén, tāmen kàn le Wúdǐ Dòng de sìzhōu, tāmen zhǎo le dòng wài

里？"

孙悟空带他们走了三、四里路，才到了无底洞的入口。当他们到了入口时，李王说，"要抓住老虎，你必须入老虎的洞。大圣和我的儿子、士兵一起入洞。猪和沙，你们和我一起在这里等着，我们守卫在入口。她将没有办法逃走。"

孙悟空和哪吒进入了山洞。他们看到了什么？

　　洞中太阳月亮挂天空

　　河山就像外面的世界一样

　　温暖的雾气漂在美丽的水池上

　　红色的房子，彩色的大殿，

　　红色的悬崖，绿色的农田，

　　春天的柳树，秋天的莲花

　　这个洞就像天堂一样

他们飞到了魔鬼的家。他们走进屋里，看了四周。他们检查了每一个房间，他们打开了每一扇门，他们看了无底洞的四周，他们找了洞外

miàn de dìfāng, dàn tāmen zhǎo bú dào móguǐ, yě méiyǒu Táng héshang. Tāmen bù zhīdào, zài Wúdǐ Dòng rùkǒu de wàimiàn, hái yǒu lìng yígè gèng xiǎo de dòng. Zhège dòng yǒu liǎng gè xiǎo mén. Lǐmiàn yǒu yígè xiǎo fángzi, sìzhōu zhòng mǎn le xiānhuā. Zhè shì móguǐ bǎ Tángsēng dài qù de dìfāng. Tā yào ràng tā hé tā jiéhūn.

Xiǎo shāndòng lǐ hái yǒu jǐ gè xiǎo móguǐ púrén. Qízhōng yì rén bǎtóu shēn chū mén wài, kàn le sìzhōu. Tā de tóu pèng dào le Lǐ Wáng jūnduì zhōng de yì míng shìbīng. Shìbīng hǎn dào, "Tāmen zài zhèlǐ!"

Sūn Wùkōng názhe tā de jīn gū bàng pǎo jìn le xiǎo shāndòng. Tā kàndào le lǎoshǔ móguǐ, Tángsēng, mǎ hé tāmen de xínglǐ. Nézhā Tàizǐ hé jǐ míng shìbīng gēnzhe tā jìn le shāndòng. Móguǐ méi yǒu dìfāng kěyǐ duǒcáng. Lǎoshǔ móguǐ xiàng Nézhā Tàizǐ kòutóu, qiú tā jiù tā de mìng.

Nézhā Tàizǐ duì tā shuō, "Wǒmen shì zhào Yùhuáng Dàdì de mìnglìng lái zhuā nǐ de. Nǐ gěi wǒmen dài lái le hěn dà de máfan." Ránhòu tā hǎnzhe ràng shìbīng bǎ lǎoshǔ móguǐ hé suǒyǒu de xiǎo móguǐ dōu bǎng qǐlái.

"Xièxiè nǐ!" Sūn Wùkōng duì Nézhā Tàizǐ shuō. Tā hé Tángsēng

面的地方，但他们找不到魔鬼，也没有<u>唐</u>和尚。他们不知道，在<u>无底</u>洞入口的外面，还有另一个更小的洞。这个洞有两个小门。里面有一个小房子，四周种满了鲜花。这是魔鬼把<u>唐僧</u>带去的地方。她要让他和她结婚。

小山洞里还有几个小魔鬼仆人。其中一人把头伸出门外，看了四周。他的头碰到了<u>李</u>王军队中的一名士兵。士兵喊道，"他们在这里！"

<u>孙悟空</u>拿着他的金箍棒跑进了小山洞。他看到了老鼠魔鬼、<u>唐僧</u>、马和他们的行李。<u>哪吒太子</u>和几名士兵跟着他进了山洞。魔鬼没有地方可以躲藏。老鼠魔鬼向<u>哪吒太子</u>叩头，求他救她的命。

<u>哪吒太子</u>对她说，"我们是照<u>玉皇大帝</u>的命令来抓你的。你给我们带来了很大的麻烦。"然后他喊着让士兵把老鼠魔鬼和所有的小魔鬼都绑起来。

"谢谢你！"<u>孙悟空</u>对<u>哪吒太子</u>说。他和<u>唐僧</u>

yìqǐ xiàng tàizǐ jūgōng.

Zhū hěn shēngqì, xiǎng bǎ lǎoshǔ móguǐ kǎn chéng xiǎo kuài. Dàn Nézhā Tàizǐ shuō, "Fàngxià nǐ de fènnù, wǒ de zhū péngyǒu. Yùhuáng Dàdì yào zhuā tā, suǒyǐ wǒmen yídìng yào hǎohǎo duì tā. Wǒmen yào bǎ tā dài dào huángdì nàlǐ."

Jiù zhèyàng, tàizǐ bǎ lǎoshǔ móguǐ dài huí le huángdì de gōngdiàn. Wǒmen bù zhīdào huì yǒu shénme shìqing děngzhe tā. Sūn Wùkōng bǎohùzhe Tángsēng, Shā ná hǎo le xínglǐ, Zhū sōng kāi le mǎ shéng. Tā qiānzhe mǎ, ràng Tángsēng shàng mǎ. Ránhòu, yóurénmen zǒu shàng tōng xiàng xīfāng de dàdào.

Zhēnshì,

> Sī wǎng bèi qiēduàn,
> Jīn hǎi yǐjīng gàn,
> Yù suǒ bèi dǎkāi,
> Máfan bèi diū xià.

Wǒmen bù zhīdào yóurénmen zài qiánwǎng xītiān de lǚtú zhōng hái huì pèng dào shénme. Qǐng tīng xià yígè gùshì lǐ fāshēng de shìqing!

一起向太子鞠躬。

猪很生气，想把老鼠魔鬼砍成小块。但哪吒太子说，"放下你的愤怒，我的猪朋友。玉皇大帝要抓她，所以我们一定要好好对她。我们要把她带到皇帝那里。"

就这样，太子把老鼠魔鬼带回了皇帝的宫殿。我们不知道会有什么事情等着她。孙悟空保护着唐僧，沙拿好了行李，猪松开了马绳。他牵着马，让唐僧上马。然后，游人们走上通向西方的大道。

真是，

丝网被切断，

金海已经干，

玉锁被打开，

麻烦被丢下。

我们不知道游人们在前往西天的旅途中还会碰到什么。请听下一个故事里发生的事情！

The Monk and the Mouse
Chapter 80

My dear child, in last night's story I told you another story about the Buddhist monk Tangseng and his three disciples. During their long journey to the west they found themselves at the Bhiksu kingdom. There they saw more than a thousand young children trapped in coops. They had to fight with an evil demon who wanted to harm the children. The four travelers defeated the demon and saved the children. Then they continued their journey walking west towards India.

Winter turned to spring, spring turned to summer. The weather was warm, and they saw many brighly colored flowers.

One day they saw that the road was blocked by a tall mountain. Tangseng said, "Disciples, we must be careful, there might be monster-spirits in this mountain."

Sun Wukong, the monkey king and the eldest disciple, said, "Master, you do not sound like a true traveler. You sound like someone who lives in a well and looks up at the sky. Remember, every mountain has a road that passes through it. I will take a look." Holding his golden-hooped rod in his hand, he jumped onto a high rock and looked all around.

He saw that the top of the mountain was covered in clouds and mist. He heard great waterfalls and small flowing streams. He smelled flowers, pine trees, willow trees and peach trees. Looking more carefully he saw a narrow path going upwards and around the mountain. He called to Tangseng and the other two disciples, and together they walked up the path and around the mountain.

Soon they came to a huge, dark pine forest. Tangseng was

worried. He said, "Wukong, do we have to pass through this .
dark forest? We must be careful!"

"What is there to be afraid of?" asked Sun Wukong.

Tangseng answered, "The ancients say, 'Beware of evil that
appears to be good.' We have walked through many forests,
but we have never seen one as large as this.

> See the trees from east to west,
> They reach to the end of the clouds
> See the trees from north to south,
> They touch the sky above
> You could stay in this forest for half a year
> And not know if the moon was in the sky
> You could travel in this forest for many miles
> And never see the stars
> There are trees ten thousand years old
> So many that not even a god could paint them
> Listen to the birds, they call, dance and sing
> See the great beasts wagging their tails
> The tiger shows its teeth
> Old foxes look like ladies
> Gray wolves fill the air with their cries
> If the king of heaven came here
> He might defeat demons but he could not defeat this
> forest!"

But Sun Wukong was not afraid. He led Tangseng and the
other disciples through the forest. After they walked for half a
day, Tangseng said he wanted to rest. He asked Sun Wukong
to go and beg some vegetarian food.

Sun Wukong used his cloud somersault to jump up to the sky.
Looking around, he saw auspicious clouds above Tangseng. He
thought, "This is good. Five hundred years ago I caused great

trouble in heaven. I traveled to all four ends of the earth. I gave myself the name Great Sage Equal to Heaven. I removed my name from the Book of Life and Death. I was a demon king and I had 47,000 demons under me. Oh yes, I really was famous in those days! But now I am a disciple of the great Tang monk. Just look at these auspicious clouds above my master. I'm sure everything will turn out fine on this journey."

Just then, he saw some black clouds rising from the southern part of the forest. "Those black clouds mean that something evil is there," he thought. He looked carefully but could not see where the black clouds were coming from.

Meanwhile, Tangseng and the other two disciples were waiting on the ground. The pig-man Zhu Bajie and the big quiet man Sha Wujing walked around looking for flowers and fruit. Tangseng sat and meditated on the Buddha. Suddenly the monk heard someone cry, "Save me!"

"Who is that?" asked Tangseng. He stood up and walked towards the sound. He walked past thousand-year-old cypress trees and ancient pines. Soon he saw a young woman tied to a tree. The top half of her body was tied to the tree by vines, and her lower half was buried in the ground. Tangseng asked her, "Lady Bodhisattva, why are you tied up here? What crime have you committed? Tell me so that I can save you."

Now, of course this was a demon. Tangseng had eyes but he could not see, so he thought it was just a girl tied to a tree. She was crying, tears rolling down her lovely cheeks. She was so beautiful that birds seeing her would fall from the sky. Her eyes were as bright as stars.

"Master," she said, making up lies as she spoke, "I come from a small village seventy miles away. I was traveling through the forest with my parents when we were attacked by a group of robbers. My parents rode away on their horses, but I was too frightened to move. The robbers grabbed me and took me back to their camp. The bandit chief wanted me to be his girlfriend, the second in command wanted me to be his wife, the third and fourth in command just wanted me for my beauty. They all started fighting. None of them wanted the others to have me. So finally they tied me to this tree and left me here. I've been here for five days and I am near death. Please, sir, save my life. I won't forget you even when I die and journey to the nine springs of the underworld." As she said this, her tears flowed like rain.

Tangseng listened to her story and also began to cry. He called to Zhu and said, "Disciple, untie this lady, we must save her life." Zhu took out his knife and started to cut the ropes.

Just then, Sun Wukong returned. He had seen the black clouds and knew that something evil was near. He saw Zhu cutting the ropes. Quickly grabbing one of the pig's ears, he threw him to the ground. "Younger brother," he said to Zhu, "don't untie her. She is an evil spirit."

"Wretched ape," shouted Tangseng, "why do you think this lovely girl is an evil spirit?"

Sun Wukong replied, "Master, in the old days I did the same thing when I wanted to eat some human flesh. You don't know what she is, but I do."

Zhu said, "Master, don't listen to him. He just wants us to leave her here. Then he will come back later and have some fun with her." This made Sun Wukong angry. He and Zhu began arguing loudly.

Finally Tangseng said, "Stop it, both of you. Sun Wukong is usually right about these things. Leave the evil spirit here. Let's get moving again." They began walking, leaving the beautiful girl tied to the tree.

The evil spirit was very angry. She thought, "I really wanted to carry off the Tang monk and have him for my husband. I have heard that he has been a monk for ten lifetimes and has great spiritual power. His *yang* is very strong. I want that power for myself! But that monkey is a problem."

She made the wind blow towards Tangseng. The wind carried her sweet voice to him. She told him, "Master, what kind of Buddhist monk are you? What's the use of you fetching holy scriptures if you won't even save the life of a poor girl like me?"

Tangseng heard this. He stopped his horse and said, "Wukong, go and get that girl. She is crying for help."

Sun Wukong said, "What did she say to you, Master?"

"She said, 'What's the use of me fetching holy scriptures if I refuse to save a life.' She is quite correct."

"Master, just think of all the demons we have met on our journey. Many of them have taken you into their caves. Many times they have wanted to eat you. And many times I have rescued you. We have killed tens of thousands of demons. Why can't you let this one demon die today?"

"Disciple, the ancients say, 'Don't fail to do a good deed just because it's small, don't do a bad deed just because it's small.' Go get her."

"Master, you have been a monk for your entire life. You know nothing about this world. This girl is young and beautiful. If people see us traveling with her, they will think we are doing evil things with her. We will all be arrested. You will lose your license to be a monk. Zhu and Sha will go to prison. Even I will suffer. All of us will be harmed." He thought for a minute, then he added, "And the girl will be destroyed."

"What do you mean?"

"She is already close to death. If we leave her there, she will die quickly and go to the underworld. But if we save her, she will not be able to keep up with us. She will fall behind. She will probably be attacked and eaten by a wolf or a tiger. Her body will be broken up into many small pieces."

"You are right. What should we do?"

Sun Wukong smiled. "She can ride with you on your horse."

Tangseng's face turned red. "Oh no. I could not possibly do that."

They stood and discussed this for a long time. Finally they decided that they would rescue the girl and leave her at the next temple or village that they came to. Zhu went back to where the girl was tied up. He cut the ropes, freeing the girl. Tangseng got down from his horse. They all began to walk westward.

In this way they walked for several miles. Just before evening they came to a tall building. It was a temple but in very bad condition. The buildings were falling down, the walls had collapsed, there were piles of broken bricks all around, and grass grew in the courtyard. Everything inside the building was covered in dust. The Buddha's golden statue had lost its color. They saw a statue of Guanyin that was broken, her willow vase fallen to the ground. They could not see any monks living here, it was only a home for foxes and tigers.

Tangseng walked slowly through the old temple. When he entered the broken bell tower he saw a large brass bell that had long ago fallen to the ground. "Bell," he said,

"Once you shouted from a high tower

Calling from the painted beam where you hung
Once you called the dawn
And announced the evening
Where are the monks who begged for your copper?
Where are the craftsmen who created you?
They are all in the underworld
They have left you here, silent."

A man was standing nearby, burning incense. When he heard Tangseng he picked up a broken brick and threw it at the bell. The sound was so loud that the Tang monk fell down, jumped up, tripped over a tree root, and fell down again. "Bell," he said,

"I was just talking about your life
When suddenly you cried out
On this lonely road to the west
Over the years you have become a spirit."

The man walked over to Tangseng and helped him to stand up. "Please don't be afraid, sir. I take care of the incense here. I heard you talking. I was afraid you might be a demon, so I threw a brick at the bell to scare you away. This is not a spirit, it's just a bell. Please come inside."

The man led Tangseng through another pair of gates. There the monk saw a beautiful hall. The walls were made of blue bricks painted with pictures of white clouds. There were holy statues covered with gold. Blue light danced in the Buddha hall. Looking out through the windows he saw a thousand bright bamboos and ten thousand beautiful pines. Auspicious clouds floating between the trees.

"Brother," said Tangseng, "why is the front of this monastery in such bad shape, while the back is so beautiful?"

"Sir, in this mountain there are many demons and bandits.

They rob people in the daytime, then they come here to sleep at night. They sit on our statues. They use our pillars for firewood. The monks here are not strong enough to fight them, so we have given the front of the monastery to them. We live here in the back."

Just then, a handsome and well dressed lama came out to greet Tangseng. He was tall with eyes as bright as silver. Two bronze rings hung from his ears. He said, "Where have you come from, sir?"

Tangseng replied, "I have been sent by the great Tang Emperor to fetch the Buddha's scriptures from the western heaven in India. We were passing your noble monastery and were hoping to stay here tonight. We will leave early tomorrow morning."

"Sir, I am afraid you are speaking empty words. Between the Tang Empire and the western heaven are many mountains, many caves, many demons and many monsters. A monk like you could never travel all that way by yourself."

"Of course you are correct. I have three disciples who protect me. They are waiting outside."

Two of the lama's disciples went outside to look. They returned and said, "Sir, you are out of luck. Your disciples are gone. There are only three evil monsters out there. One looks like a thunder-god. One looks like a large pig. And one has a green face and large teeth. Oh, and there is a lovely girl with them."

"Ah yes. Those three ugly ones are my disciples. And the girl is someone I rescued in the forest."

The lama's disciples went back outside. One of them was shaking as he said said, "My lords, Lord Tang invites you to come inside."

Zhu asked Sun Wukong, "Why is that man shaking?"

Sun Wukong replied, "He is frightened because we are ugly."

"We were born this way. None of us chose to be ugly."

The disciples tied up the horse, then they all walked through the gates. The lama's disciples prepared sleeping rooms for the three disciples and gave all of them a hot vegetarian dinner.

Chapter 81

By the time they had all finished dinner, it was dark. The lamps were lit. The lama fell to his knees. Tangseng hurried to help him to stand. He asked him why he did that. The lama replied, "Please excuse me, father, but there is one matter I must ask you about. Of course you are welcome to spend the night here, and your disciples also. But it would not be right for the lady Bodhisattva to stay here. I don't know where she should stay tonight."

Tangseng replied, "You should not worry, Abbot. My disciples and I do not have evil thoughts. This morning we were walking through the forest. We found the girl tied to a tree. I rescued her."

"Very well. She can sleep on a bed of straw behind the Devaraja Hall." Tangseng agreed that this was a good idea. The lama's disciples showed the girl where she should sleep, and everyone went to bed.

In the morning they all wanted to leave. But Tangseng was not feeling good. Zhu put his hand on his master's forehead and said, "Master, you have a fever."

Tangseng said softly, "Disciple, I cannot even stand up. We will have to wait here for a bit." And so, the travelers did not leave that day. They stayed at the monastery. For three days the disciples took care of Tangseng. On the morning of the fourth day, Tangseng sat up and asked, "Wukong, have people been giving food to the lady Bodhisattva?"

"Of course," replied Sun Wukong. "Why are you worried about her?"

"No matter. Fetch me paper, brush and ink. I need to write a letter to the Tang Emperor in Chang'an."

"What do you wish to say to His Majesty?"

"I will say, 'Your subject hits his head three times on the ground and shouts three times, "Long live Your Majesty." I have been traveling for many years. There have been many troubles, many delays. Now I am so ill that I cannot even stand up. The gate to Buddha is as distant as the gate to heaven. I fear I will not live to bring back the scriptures. I beg you to send another to take my place.' "

Sun Wukong laughed loudly. "Master, you should not worry about dying. I can protect you easily. I will find out which king of the Underworld is calling for you. I will go there, capture all ten kings of the Underworld, and beat them until they let you live."

Tangseng laughed a little bit and said, "Stop bragging, Wukong. Now I am thirsty. Get me some cold water to drink."

Sun Wukong took a begging bowl into the kitchen. There he saw a group of monks, all of them red-eyed and crying. "What's the matter?" he asked. "Have we been eating too much of your food? No worries, we will pay for everything."

"That's not it," said one of the monks. "There is an evil monster in the monastery. Every night for the last three nights, two monks have disappeared. In the morning we looked for them. We only found their hats, their shoes, and their bones.

They had been eaten. We did not want to bother your master with this because we knew he was feeling sick."

Sun Wukong tried to hide his big smile. He was happy to hear that there was a monster in the monastery. "Don't say another word," he said. "I will kill this monster for you."

"If you can do that, it would be wonderful. But if you cannot kill the monster, things will be difficult for us."

"How so?"

"Sir, we have all been monks since we were children. Every morning we rise, wash our faces, and pray to Buddha. At night we burn incense and pray to Buddha. We try to understand the Buddha's teachings. When people come here to burn incense and worship Buddha, we strike the wooden fish and read from the holy books. When there are no people burning incense and worshiping Buddha, we put our hands together and meditate. We are simple monks. We cannot fight tigers or demons. So sir, if you make the monster angry, all of us will be a single meal for him. We will all fall onto the Wheel of Rebirth. This ancient monastery will be destroyed. And we will not see the face of the Buddha."

Sun Wukong listened to this and became angry. "You stupid little monks, don't you know who I am?"

"Really, we don't," they replied.

"Then I will tell you:

> I defeated tigers and dragons at Flower Fruit Mountain
> I traveled to heaven and caused great trouble there
> I was hungry and ate a few of Laozi's elixir pills
> I was thirsty and drank a bit of the Emperor's own wine
> When I look with my golden eyes, the sky turns pale
> When I use my golden hoop rod, it strikes silently

I don't care about monsters big or little
They can try to run away
But they will be caught, cooked, and smashed
Don't worry, I will catch that evil spirit
Then you'll know who Old Monkey is!"

The monks listened to this. They all nodded their heads and said to each other, "Well, he talks big. Maybe he can do it."

Sun Wukong turned and left. He carried the bowl of water back to Tangseng. Tangseng drank the cold water and felt much better. "How long have we been here?" he asked.

"Three days. Tomorrow will be the fourth day."

"We should leave tomorrow."

"All right. But tonight I need to catch an evil spirit."

Tangseng was surprised to hear that there was an evil spirit in the monastery. "But how can you do this while I am still feeling sick? If you fail to catch the monster, it will try to kill me!"

"I have to tell you, Master. This evil spirit has been eating people. It's already eaten six of the monks." Tangseng agreed that Sun Wukong needed to catch and kill the evil spirit. So Sun Wukong told Zhu and Sha to stay with Tangseng and protect him.

That night, the stars were bright in the sky and the moon was still not up. Sun Wukong shook himself and changed his appearance. Now he looked like a young monk, eleven or twelve years old. He wore a yellow silk shirt and a white tunic. He held a wooden fish in one hand and struck it with the other while reciting the Buddha's sutras. He waited until the first watch. Nothing happened. During the second watch the moon rose. Suddenly there was a roaring wind. He waited. The wind died down. He looked up and saw a beautiful woman walking towards him. She put her arms around him and asked, "What is that sutra you are reciting?"

"It is the sutra I vowed to chant," he replied.

"Why are you reciting it when everyone else is asleep?"

"I made a vow. Why shouldn't I chant it?"

The woman kissed him on the lips. "Let's go out back and have some fun together."

Sun Wukong turned his head aside and said, "I think you are a little stupid."

"What kind of woman do you think I am?"

"To tell you the truth, I think you're a slut."

"You don't know a thing!" she shouted. "I am not a slut. Several years ago I was married to a husband who was much too young. He did not know what to do in the bedroom. So I left him. Now tonight, the stars and moon are bright. We have traveled hundreds of miles to be together. Let's go to the garden and make love."

Now Sun Wukong understood how the six young lamas had died. He said, "Lady, I am a monk and also very young. I don't know anything about this."

"Come with me. I will teach you."

He decided to go with her to see what would happen. They walked to the garden, hand in hand. Then she tripped him and threw him to the ground. She shouted, "My dear!" and grabbed for his crotch.

He said, "So, you really want to eat me!" He grabbed her hand and somersaulted her to the ground.

She laughed and said, "Dear, you really know how to make your girl fall!"

He thought to himself, "I must strike now. As the saying goes, 'Strike first and win, wait and lose.' " He jumped to his feet and changed back to his own form. Whipping out his golden hoop rod he struck at the demon's head.

She thought, "This young monk is a very good fighter!" Then she looked more closely and realized it was really Sun Wukong, the elder disciple of the Tang monk. She also changed into her own form. Now she had

> A golden nose, white fur,
> A home in a tunnel underground
> Three hundred years ago she was sent down from heaven
> Daughter of the heavenly king,
> Sister of Prince Nata,
> She had no fear
> She came and went like the mighty Yangtze River
> She moved up and down like Mount Tai
> Seeing the beauty of her face
> You would never know she was really a mouse-spirit

Now she held two silver swords, one in each hand. They rang out as she fought with the Monkey King. She did not look like a young girl anymore. She was a powerful warrior. Sun Wukong's rod flashed like lightning. The mouse-spirit's swords shone as bright as a star. They moved through the old monastery, smashing statues as they fought. But the mouse spirit was no match for Old Monkey. She turned and tried to fly away.

"Where do you think you're going?" shouted Sun Wukong.

The mouse spirit took off her left shoe, blew on it and said, "Change!" Immediately it changed into a copy of the mouse spirit, holding two swords and charging at Sun Wukong. Meanwhile she changed her real body into a clear breeze and disappeared. She headed straight towards Tangseng's room. She lifted the monk into a cloud and carried him away to her home in the Bottomless Cave.

When she arrived at the cave she told her little demons to prepare a vegetarian wedding feast.

Meanwhile, Sun Wukong fought hard. After fighting for many rounds he used his rod to smash his enemy into the ground. His enemy turned into a shoe. Angry, he returned to see Tangseng. His master was not there, but Zhu and Sha were. Sun Wukong raised his rod and shouted, "You two idiots, I told you to guard Master. He's gone. I'll kill the pair of you!"

"If you kill us," said Sha, "who will take care of the luggage? Or the horse? Remember, 'To kill a tiger you need help from your brother.' I hope you will not kill us, so tomorrow we can work together to save our master."

Sun Wukong was still angry, but he put away his rod. The three of them tried to sleep but they could not. In the morning when the monks brought them some breakfast, they reported that the girl was missing. This was not a surprise to Sun Wukong of course. After breakfast they headed east, back to the place where they first saw the girl tied to a tree.

The angry Monkey King changed into the form that he used when he caused trouble in heaven, with three heads, six arms, and three golden hoop rods. In his anger he smashed trees left and right. Soon the mountain god and the local deity came to see him.

Sun Wukong said to them, "Mountain god, local deity, you are worthless. I think you are working with the bandits in this mountain and the mouse demon. I think you helped her kidnap my master. Tell me where he is right now, or I will beat both of you."

"Great Sage," they cried, "we did not do anything. The evil spirit does not live in our mountain. But we have heard some things about her. We heard that she carried him to a place three hundred miles south of here. Void Trapping Mountain is there, and in that mountain is a cave called Bottomless Cave."

Sun Wukong turned away from the mountain spirit and local deity. He flew south, followed by Zhu and Sha. Soon they arrived at Void Trapping Mountain. The mountain was huge, with a peak touching the blue sky.

Zhu looked up at the mountaintop. He said, "Brother, this mountain is so high, there must be evil in it."

Sun Wukong replied, "Of course. Every high mountain has monsters, every high cliff has spirits. I will stay here with Sha. You go to the mountain and try to find the Bottomless Cave. When you find it, we will all go together to rescue Master."

The pig-man put down his rake, straightened his black shirt, and leaped down to the mountain to find the path.

Chapter 82

Zhu found the mountain path. He began to follow it up the mountain. After walking for almost two miles, he saw two female monsters pulling up water from a well. How did he know they were female monsters? Because both of them had long hair pulled up and held together by two very long bamboo sticks. This was a very unfashionable style.

"Hey, evil monsters!" he called to them.

This made the two monsters very angry. They began to beat him with their water-carrying poles. Zhu had no weapon, so after a few blows rained down on his head he had to run away. He ran back to Sun Wukong and said, "Go back, brother! These monsters are terrible! Two of them hit me again and again with their water-carrying poles, just because I spoke to them."

"What did you say?"

"I called them evil monsters."

"Well of course, then. Remember, soft words will get you anywhere you want to go, but use hard words and you won't go even a single step."

"I didn't know that."

"Younger brother, think about the willow and the sandalwood. The willow is soft, so craftsmen make statues out of it. They paint it, they cover it with gold and jewels and flowers, and the people give it many blessings. But sandalwood is hard. It's used to make oil. People hit it with hammers. It suffers because it is so hard."

"You should have told this to me earlier."

"Now go back there and try again. Use soft words. Bow to them. If they are younger than you, call them 'Miss.' If they are older, call them 'Lady.' But before you go you should change your appearance so they won't recognize you."

Zhu changed his appearance so he looked like a dark-skinned fat monk. He went back to the monsters and said, "Greetings ladies. May I ask why you are fetching water?"

One of the monsters said to the other one, "Well, this monk is much nicer than that ugly pig!" Then she said to Zhu, "You don't know this, monk. Our lady brought a Tang monk to our cave last night. Our water is not very clean, so she sent us to fetch clean water from this well. Tonight there will be a great feast, and our lady will marry the Tang monk!"

When Zhu heard this, he ran back to Sun Wukong and reported everything. The disciples followed the two monsters for five or six miles as they walked deep into the mountains. Then the monsters disappeared.

Sun Wukong said, "I think they went into a cave. Wait here while I take a look." Soon he saw an archway with these words on it, "Void Trapping Mountain Bottomless Cave." Nearby they saw a huge rock that was three miles wide. In the center of the rock was a round hole. This was the entrance to the cave. Sun Wukong put his head inside the hole and looked down. He said, "Brothers, the cave is very large and very deep. Maybe a hundred miles wide."

"Forget it," said Zhu. "We cannot save Master."

"Don't say that! Put down the luggage and tie up the horse. I want you and Sha to guard the entrance to the cave. I will go into the cave and look around."

He jumped through the hole. A cloud appeared under his feet, and he rode the cloud down to the bottom of the cave. It was bright and beautiful, filled with sunshine, soft breezes, flowers, and fruit trees. Nearby he saw a group of buildings. "This must be where the evil spirits live," he thought.

He shook himself and turned into a fly. He flew to one of the buildings and saw the mouse demon sitting comfortably in a pavilion. She was even more beautiful than Chang'e, the lady on the moon. She looked happy, thinking that soon she would share the marriage bed with the Tang monk. She said to her servants, "Prepare the feast, my little ones. Soon my darling monk and I will be husband and wife."

Sun Wukong thought, "I'd better find out what Master is thinking. If he really wants to marry this demon, I'm leaving him here." He flew over to Tangseng and landed on his head. "Master," he called in his little fly voice.

"Save me, disciple!" cried Tangseng.

"Master, it's too late. They are preparing the marriage feast. After the feast you two will be married. Soon you will have a son or daughter. Why are you unhappy?"

"Disciple, we have traveled together for several years. Have you ever seen me eat meat or have any evil ideas? This evil spirit wants me to mate with her. If I do that, I will lose my *yang*. I will fall off the great Wheel of Rebirth and I will be trapped forever behind the dark mountains."

"All right, I believe you. It was easy for you to enter this cave, but it will be difficult for you to leave. Here's my plan. The evil spirit will want to share a cup of wine with you. You must drink a little bit. Then pour the wine into her cup quickly so it makes some bubbles. I will turn into a tiny insect and swim under the bubbles. When she drinks the wine I will go into her belly. I'll rip her organs apart and kill her."

"That seems a bit cruel."

"Master, if you want to be kind to her, I cannot help you. Remember she has already killed many monks."

"Oh, all right. But you will have to stay close to me."

"Of course I will."

Just then, the evil spirit came to the door of the room and called, "Elder!" Tangseng did not reply. She said again, "Elder!" Tangseng did not reply. He was thinking that 'trouble starts when the tongue begins to move.' She said a third time, "Elder!"

He thought that if he did not reply at all, she might become angry and just kill him. So he replied, "Madam, here I am."

Hearing his reply, the evil spirit came into the room. She really was quite beautiful. Her eyebrows were like two willow leaves. Her cheeks were like peach blossoms. But the Tang monk had no feelings for her at all. She put her arm around him and said, "Elder, I have had a drink brought for you."

"Lady," said Tangseng, "I am a monk. I cannot take any impure food."

"I know. I have sent for some pure water from the mountains. It comes from the mating of *yin* and *yang* up in the mountains. I also have some fruit and vegetables for you. After that, we will have some fun together!"

She picked up a golden cup and filled it with wine. "My darling," she said, "please drink this cup of love."

Tangseng prayed silently, "Gods of heaven, please hear me. This poor monk thanks you for protecting me on my journey to the western heaven. Now I am trapped by a monster spirit who wants to marry me. If this wine is all right for me to drink, I will drink it and hope that I can still see Buddha. But if it is not all right for me to drink, may I fall again into the Wheel of Rebirth."

Sun Wukong was still a tiny fly. He sat near Tangseng's ear and told the monk that it was all right to drink the wine. Tangseng drank the wine. Then he poured another cup for the evil spirit. He poured it quickly, causing bubbles to appear in the cup. Sun Wukong jumped into the cup.

But the evil spirit did not drink the wine right away. She put the cup down and said some more words of love to Tangseng. When she picked up the cup again, the bubbles were gone. She looked down at the wine and saw a tiny insect. She lifted the insect out of the cup with her finger and tossed it away.

Sun Wukong's plans were ruined. Quickly he turned into a large hungry hawk. He flew up, knocking over the tables and sending all the fruit and vegetables crashing to the floor. The evil spirit was terrified. She grabbed Tangseng and said, "Dear, where did that bird come from?"

"I don't know," he replied.

"Heaven and earth must have sent that thing here because they don't like that I am holding you prisoner." Turning to the servants she said, "Get rid of all these broken dishes and food. Prepare another feast. It doesn't matter if it is vegetarian or not, just do it quickly. Then we will marry."

While they were waiting for the second feast, Sun Wukong flew out of the cave, changed back to his real form, and met up with Zhu and Sha. He said, "Our master and the demon just had a cup of wedding wine. Soon they will have a wedding feast. Then they will be married and she will have her way with him in the marriage bed. But don't worry, I will go back and rescue him."

Then he changed into a fly again and flew back into the cave. He landed on Tangseng's head. Tangseng saw him and said, "Monkey! You used your magic to smash all the dishes. But what good is that? The demon wants to mate with me more than ever! When will this end?"

"Don't worry, Master, I will rescue you. Behind this room is a garden. You must get her to take you into the garden to play with you. Sit with her under a peach tree. I will turn into a red peach. Give her the peach. She will swallow the peach and I will be in her belly. That will be the end of her!"

Tangseng was a little worried about this plan, but he nodded his head. He called out, "Lady! A few days ago I became sick. Today I am feeling a little bit better, but I would like to relax a bit. Do you have a place where we can go and have a little fun?"

The demon was delighted to hear this. "So, my dear, you are feeling a little bit interested, eh? Let's go to the garden and have some fun there." They walked hand in hand into the garden. She whispered to him, "Here we are, my dear. Let's have some fun, it will make you feel much better!"

They walked through the garden, looking at the beautiful flowers and trees. Tangseng saw the peach tree. He stopped there and said, "Lady, look at that lovely peach tree. Tell me, why are some peaches green and some are red?"

"If the sky had no *yin* and *yang*, the sun and the moon would be unknown; if the earth has no *yin* and *yang*, plants and trees would not grow; if people have no *yin* and *yang*, there is no difference between men and women.Here, the peaches on the south side get the sun's heat and they ripen first. The peaches on the northern side get no sun and so they are not ripe."

"Thank you, I did not know that." He picked a red peach and gave it to her. The evil spirit picked a green peach and gave it to him. He opened his mouth and started to eat the green peach. Delighted with this, the evil spirit opened her lovely mouth and started to eat the red peach. As soon as she did this, Monkey jumped into her mouth and rolled down to her belly.

"There's something wrong with this peach," she cried. "It rolled right into my mouth before I had time to bite it."

"It's because you love things that are beautiful," he replied.

From inside her belly, Sun Wukong said, "Master, you don't need to argue with her. I have succeeded."

"Who is talking?" asked the demon.

Tangseng said, "It's my disciple, Sun Wukong. He was in the red peach. Now he is in your belly."

"Oh, I am dead! Monkey, why did you do this?"

"I want to eat all of your organs, leaving just the bones behind."

The lovely demon grabbed Tangseng and said, "My dear, I thought we would be together forever. We were as close as fish and water. I never thought we would be apart. When will we see each other again?"

Sun Wukong heard this. He was afraid that his master would want him to be kind to the demon. So he started kicking and jumping around inside her body. The pain was so great that she stopped talking and fell to the ground. Her servants were waiting outside the garden. They rushed in when they heard the sounds. "Are you all right, Madam?" they asked.

"Don't ask any questions, just take the monk outside right away."

"No," said Sun Wukong from inside her belly. "You must take my master out yourself. Then I will spare your life."

"All right," she replied. "As long as the bright moon stays in the sky, I will find a different place to put my hook. I will take this man outside, then I will find another one."

Riding on a cloud, she carried Tangseng up and out of the cave.

Chapter 83

The evil spirit carried Tangseng outside the cave and put him down on the ground. Sha walked up to him and asked, "Where is our elder brother?"

"He is in the demon's belly," replied Tangseng.

Zhu said, "It's really dirty in there. Elder brother, what are you doing in there? Come on out!"

From inside the demon's belly, Sun Wukong said, "Open your mouth, I'm coming out." She opened her mouth as commanded. Sun Wukong prepared to leave, but then he thought, "Maybe she will try to bite me." So he turned his golden hoop rod into a jujube stone and put it between her upper and lower teeth to keep her mouth open. Then he jumped out, took his own form, and grabbed his rod to strike her. She drew her two swords and the battle began.

> Two flying swords protected her face
> The golden hoop rod struck at her head
> One was a monkey born of heaven
> The other was an earth girl changed into a spirit
> Both were angry
> When the rod was raised, cold fog appeared in the sky
> When the sword was used, the earth shook
> They fought for a long time
> The earth moved, the mountains shook, and the trees fell

Zhu and Sha watched the fight for a while. Then they ran towards the demon, striking at her with rake and staff. The demon flew over to Tangseng, put an arm around him, grabbed the luggage and the horse with her other arm, and flew away.

Sun Wukong was very angry, but Zhu started to laugh loudly. "What's so funny?" shouted the monkey.

Zhu replied, "The demon carried Master back to her cave. You have already been there twice. The third time you are sure to succeed!"

"All right, I will go. You two, guard the mouth of the cave."

The Great Sage used his cloud somersault to enter the cave. He flew straight to the demon's home. The gates were closed but this was no problem for him. He smashed the gates with his rod. He entered the home and looked around. There was no one there. But then he smelled incense coming from another room.

He ran into the other room. There was no one there either. But there was an incense table. On the table was a golden tablet. In large letters it said, "Honored father, King Li." In smaller letters it read, "Honored elder brother, Prince Nata."

Sun Wukong grabbed the tablet and brought it back to show to Zhu and Sha. "Look," he said to them, "I found this in the demon's home. I think the demon is the daughter of King Li and the sister of Prince Nata. I think she longed to live in the human world, so she took human form. Now she has carried our Master away. I will take this tablet up to heaven and complain to the Jade Emperor. He will force the demon to give our Master back to us."

"You'd better be careful," said Zhu. "If the emperor decides against you, you could lose your life!"

"This is what I will tell the emperor: 'An evil spirit has kidnapped my Master. This evil spirit is the daughter of King Li. The king has not properly controlled his daughter. He has allowed her to run away and become an evil spirit. She has caused much trouble and has killed many people. She has now taken my Master to a place where he cannot be found. I beg Your Majesty to bring this demon under control and return my Master. I also ask that Your Majesty determine the correct penalty for this.' "

"That is excellent! Go quickly, before the demon harms our Master."

"I will return in the time it takes you to make a cup of tea."

Sun Wukong carried the tablet up to the South Gate of Heaven, then to the Hall of Light where the four teachers of heaven greeted him. "I wish to submit a complaint against two people." The four teachers led him to the Hall of Mist, where Sun Wukong submitted his complaint to the Jade Emperor. One of the emperor's ministers, the Gold Star of Venus, took the written complaint and the tablet, and placed both of them on a table in front of the emperor. The emperor read the complaint and looked at the tablet. Then he sent Gold Star to summon King Li to the palace. Sun Wukong asked if he could go too, and the emperor agreed.

"What is this all about?" said King Li when they arrived at his palace.

Gold Star replied, "The Great Sage has made a complaint against you. He says that you allowed an evil spirit to kidnap his Master."

King Li read the complaint. He slammed his fist on the table and shouted, "Lies! All lies!"

"He says that your daughter kidnapped his Master."

"That cannot be true. I have only one daughter and she is just six years old. This monkey is lying. As you know, the penalty for a false complaint is three levels worse than the punishment for the crime itself. Tie up that monkey!" And three of his servants grabbed Sun Wukong and tied him up. The king continued, "Now wait here. I will get my sword and kill this troublemaking ape."

Before Gold Star could stop him, King Li grabbed his sword, walked over to Sun Wukong, and brought it down on the monkey's head. But just before it hit his head, another sword blocked it. Prince Nata held the sword. He said to the king,

"Father, please let go of your anger."

Now, here is the story of Prince Nata. When he was born, the word *na* was written on his left hand and *ta* on his right hand, so he was named 'Nata.' Three days later, baby Nata jumped into the ocean, grabbed a dragon and killed it to make a belt for himself. The king saw this. He was so afraid of the boy that he decided to kill him.

Nata heard about his father's plan. Using a sword, Nata cut off his flesh and gave it to his mother. Then he gave his bones to his father. Having repaid his debts to his parents, he flew to the Western Heaven to ask the Buddha for help. The Buddha brought Nata back to life by giving him new bones made of lotus root and clothing from lotus leaves.

After coming back to life, Nata wanted to kill his father the king. The king asked the Buddha to save him. So the Buddha gave the king a great pagoda, with many statues of Buddha in it. Then the Buddha told Nata to look at these statues as if each of them was his father. This calmed Nata's anger.

But now, the king was afraid that once again Nata wanted to kill him. He said to Nata, "Son, why did you stop me from killing this ape?'"

"Father, you have forgotten that you have another daughter. Three hundred years ago, an evil spirit became a monster. She stole incense and flowers from the Buddha's own temple. You caught her. You wanted to kill her, but the Buddha told you to let her live. Because you let her live, the girl bowed to you as her father, and she bowed to me as her elder brother. In her home she set up a table to burn incense for us. Do you remember now?"

"Son, I had forgotten this. What is her name?"

"She has three names. Originally in heaven she was Golden-

Nosed White-Haired Mouse Spirit. Later she was called Half-Guanyin because she had stolen the Buddha's incense and flowers. And later, when she was sent down to the human world, she changed her name again to Lady Flowing-Earth."

King Li nodded and started to untie Sun Wukong. But Sun Wukong was angry and said to the king, "Don't you dare untie me. Bring me back to the Emperor just like this. I want the Emperor to see what you have done to me."

"Monkey," said Gold Star, "please don't cause trouble here. Remember the good things I did for you. Five hundred years ago when you caused trouble in heaven, many people wanted to have you arrested. But I put in a good word for you, so instead of being arrested, you were given a job taking care of the Emperor's horses. Then you drank some of the Emperor's wine, but instead of being arrested for that, you were given the name 'Great Sage Equal to Heaven.' I was the one who helped you. Now I ask you to let the king untie you."

"Oh all right. As the ancients say, 'Don't share a grave with an old man, you will have to listen to him complain forever.' Let the old king untie me."

Gold Star said, "One more thing. You have brought a complaint against King Li. The two of you may argue about this for a long time if you want to. But remember, one day in heaven is a year in the human world. If you stay here much longer, your Master might already be married and have a baby monk in his arms!"

"You are right," said Monkey. "What should we do?"

"King Li and his soldiers can go with you to the human world and defeat the demon. I will tell the Jade Emperor that you have dropped your complaint." Sun Wukong agreed to this.

The Monkey King jumped up onto a cloud. King Li and Prince

Nata met him there, along with their generals and commanders and thousands of soldiers. They all flew together down to the human world. They came down to the ground at Void Trapping Mountain.

Zhu and Sha were wide-eyed when they saw this great army coming from heaven. Zhu said to the king, "Thank you for coming. We have caused you a lot of trouble."

King Li replied, "You don't know this, my pig friend, but the demon has been burning incense for us for many years. We accepted her offerings. And so it is partly our fault that she has captured your master. We are sorry it's taken us so long to come here. Now, where is the entrance to the cave?"

Sun Wukong led them for three or four miles until they reached the entrance to Bottomless Cave. When they reached the entrance, King Li said, "To capture the tiger, you must enter the tiger's cave. The Great Sage and my son will enter the cave with the soldiers. Zhu and Sha, you wait here with me, we will guard the entrance. She will not be able to escape."

Sun Wukong and Nata entered the cave. What did they see?

> Sun and moon in the sky inside the cave
> Rivers and hills just like the outside world
> Warm fog floats over beautiful pools of water
> Red houses, painted halls,
> Red cliffs, green farmland,
> Willows in spring, lotus trees in autumn
> This cave is like heaven

They flew down to the demon's home. They went inside the home and looked around. They searched every room, they opened every door, they looked all around Bottomless Cave, they looked in the region outside the cave, but they could not find the demon or the Tang monk. They did not know that

outside of the entrance to the Bottomless Cave there was
another smaller cave. This cave had two tiny gates. Inside was a
tiny house with flowers growing all around it. Here is where
the demon had carried Tangseng. She was going to make him
marry her.

Inside the small cave were also a few little demon servants.
One of them poked his head outside the gates to look around.
His head bumped into one of the soldiers from King Li's army.
The soldier shouted, "Here they are!"

Sun Wukong ran into the small cave, holding his golden hoop
rod. He saw the mouse demon, Tangseng, the horse, and their
luggage. Prince Nata and several soldiers followed him into the
cave. The demons had nowhere to hide. The mouse demon
kowtowed to Prince Nata and begged for her life.

Prince Nata said to her, "We are here to arrest you on orders
from the Jade Emperor. You have caused us a great deal of
trouble." Then he shouted to his soldiers to tie up the mouse
demon and all of the little demons too.

"Thank you!" said Sun Wukong to Prince Nata. He and
Tangseng bowed to the prince.

Zhu was angry and wanted to chop up the mouse demon into
little pieces. But Prince Nata said, "Let go of your anger, my
pig friend. The Jade Emperor wanted her arrested, so we must
treat her well. We will bring her back to the emperor."

And so, the prince brought the mouse demon back to the
emperor's palace. We don't know what happened to her. Sun
Wukong guarded Tangseng, Zha gathered the luggage, and
Zhu untied the horse. He held the horse so that Tangseng
could mount it. Then the travelers headed back towards the
main road that led to the west.

Truly,

The silk net has been cut,
The golden sea has been dried,
The jade lock has been broken,
All troubles have been left behind.

We don't know what the travelers will see next on their journey to the Western Heaven. Listen to what happens in the next story!

Proper Nouns

These are all the Chinese proper nouns used in this book.

Pinyin	Chinese	English
Bàn Guānyīn	半观音	Half Guanyin, another name for the Mouse Spirit
Bǐqiū Wángguó	比丘王国	Bhiksu Kingdom
Cháng'ān	长安	Chang'an, a city
Cháng'é	嫦娥	Chang'e, the lady on the moon
Chángjiāng	长江	Yangtze River
Dì Yǒng Fūrén	地涌夫人	Lady Flowing Earth, another name for the Mouse Spirit
Guānyīn	观音	Guanyin, a bodhisattva
Huāguǒ Shān	花果山	Flower Fruit Mountain
Jīnbí Báimáo Lǎoshǔ Jīng	金鼻白毛老鼠精	Golden-Nosed White-haired Mouse Spirit, a demon
Lǐ Wáng	李王	King Li, an immortal
Língxiāo Diàn	灵霄殿	Hall of Mist
Nézhā Tàizǐ	哪吒太子	Prince Nata or Nezha, an immortal
Qí Tiān Dà Shèng	齐天大圣	Great Sage Equal to Heaven, another name for Sun Wukong
Shā (Wùjìng)	沙（悟净）	Sha (Wujing), junior disciple of Tangseng
Shēngsǐ Bù	生死簿	Book of Life and Death
Sūn Wùkōng	孙悟空	Sun Wukong, the Monkey King, elder disciple of Tangseng
Tàibái Jīnxīng	太白金星	Gold Star of Venus, an immortal
Tàishān	泰山	Mount Tai
Tàishàng Lǎojūn	太上老君	Laozi, an immortal
Táng	唐	Tang, an empire
Tángsēng	唐僧	Tangseng, a Buddhist monk
Tiānwáng Diàn	天王殿	Devaraja Hall (Hall of Heavenly Kings)

Tōngmíng Diàn	通明殿	Hall of Light
Wúdǐ Dòng	无底洞	Bottomless Cave
Xiànkōng Shān	陷空山	Void Trapping Mountain
Yìndù	印度	India
Yùhuáng Dàdì	玉皇大帝	Jade Emperor, an immortal
Zhū (Bājiè)	猪（八戒）	Zhu (Bajie), middle disciple of Tangseng

Glossary

These are all the Chinese words used in this book, other than proper nouns.

Pinyin	Chinese	English
a	啊	ah, oh, what
ài	爱	love
ānjìng	安静	quiet
ba	吧	(indicates assumption or suggestion)
bá	拔	to pull
bǎ	把	(measure word for gripped objects)
bǎ	把	(preposition introducing the object of a verb)
bā	八	eight
bái (sè)	白（色）	white
báitiān	白天	day, daytime
bàn	半	half
bàn	绊	to trip, to stumble
bànfǎ	办法	method
bàng	棒	rod, stick, wonderful
bǎng	绑	to tie
bāng (zhù)	帮（助）	to help
bāngmáng	帮忙	to help
bào (zhù)	抱（住）	to hold, to carry
bàogào	报告	report
bǎohù	保护	to protect
bàoyuàn	抱怨	complain, complaint
bàzi	耙子	rake
bèi	被	(passive particle)
běi	北	north

bēi (zi)	杯（子）	cup
bèn	笨	stupid
bèn rén	笨人	stupid, a fool
bǐ	比	compared to, than
bí (zi)	鼻（子）	nose
biàn	变	to change
biān	边	side
biànchéng	变成	to become
biǎoshì	表示	to indicate
bié	别	do not, other
bìng	病	sick, illness
bìxià	陛下	Your Majesty
bìxū	必须	must, have to
bǎishù	柏树	cypress tree
bù	不	no, not, do not
bù	簿	ledger book
bù (zi)	步（子）	step
bùfèn	部分	part, portion
bùliǎo	不了	no more
bùxiǎng	不想	don't want
búzàihū	不在乎	not give a damn about
cái	才	only
cǎi (sè)	彩（色）	color
cáinéng	才能	can only, ability, talent
cáng	藏	to hide
cāngyíng	苍蝇	fly
cánrěn	残忍	cruel
cǎo	草	grass
chá	茶	tea
cháng	长	long
chǎng	场	(measure word for public events)

chàng (gē)	唱（歌）	to sing
chángshēng bùlǎo	长生不老	immortality (long life no die)
chéng (wéi)	成（为）	to become
chéngfá	惩罚	punishment
chénggōng	成功	success
chéngshú	成熟	ripe, mature
chénmín	臣民	subject of a feudal ruler
chènshān	衬衫	shirt
chī (fàn)	吃（饭）	to eat
chī diào	吃掉	to eat up
chī wán	吃完	finish eating
chījīng	吃惊	to be surprised
chōng	冲	to rise up, to rush, to wash out
chóng (zi)	虫（子）	insect, worm
chǒu	丑	ugly
chū	出	out
chuán	传	to pass on, to transmit
chuān	穿	to wear
chuān (guò)	穿（过）	to pass through
chuān (shàng)	穿（上）	to put on
chuáng	床	bed
chuāng (hù)	窗（户）	window
chúfáng	厨房	kitchen
chuí	锤	hammer
chuī	吹	to blow
chún (jié)	纯（洁）	pure
chūn (tiān)	春（天）	spring
chūshēng	出生	born
chūxiàn	出现	to appear
cì	次	next in a sequence, (measure word for time)

cóng	从	from
cónglái méiyǒu	从来没有	there has never been
cūn (zhuāng)	村（庄）	village
cuò	错	wrong, mistaken
dà	大	big
dǎ	打	to hit, to play
dǎ fān	打翻	to knock over
dà hǎn	大喊	to shout
dǎbài	打败	defeat
dàchén	大臣	minister
dàdiàn	大殿	main hall
dài	带	to carry, to lead, to bring
dàitì	代替	to replace
dàjiā	大家	everyone
dàjiàng	大将	general, high ranking officer
dǎkāi	打开	to turn on, to open
dàmén	大门	entrance, gate
dān	丹	pill or tablet
dàn (shì)	但（是）	but, however
dāng	当	when
dāng (bù)	裆（部）	crotch
dǎng (zhù)	挡（住）	to block
dàng fù	荡妇	slut
dāngrán	当然	of course
dānxīn	担心	to worry, beware
dào	到	to arrive, towards
dào	道	path, way, Dao, to say
dāo	刀	knife
dǎo, dào	倒	to fall, to pour
dàshēng	大声	loud
dàwáng	大王	king

de	地	(adverbial particle)
de	的	of
dé	得	(particle showing degree or possibility)
dédào	得到	get
dehuà	的话	if
děng	等	to wait
dēng	灯	light
dì	地	land, ground, earth
dì	第	(prefix before a number)
dǐ (bù)	底（部）	bottom
dī shēng	低声	whisper
diàn	殿	hall
diǎn	点	point, hour
diào	掉	to fall, to drop, to lose
diāoxiàng	雕像	statue
dìdi	弟弟	younger brother
dìfāng	地方	place
dìguó	帝国	empire
dìqiú	地球	earth
dírén	敌人	enemy
dìshàng	地上	on the ground
dītóu	低头	head bowed
diū	丢	to throw
dìxià	地下	underground
dìyù	地狱	hell, underworld
dòng	动	to move
dòng	栋	(measure word for buildings, houses)
dòng	洞	cave, hole
dǒng	懂	to understand
dōng	东	east

dōng (tiān)	冬 (天)	winter
dōngxi	东西	thing
dōu	都	all
dú	读	to read
duàn	断	broken
duàn	段	(measure word for sections)
duì	对	correct, towards someone
duī	堆	heap, (measure word for piles, problems, clothing, ...)
duìbùqǐ	对不起	I am sorry
dùn	顿	(measure word for non-repeating actions)
duǒ	朵	(measure word for flowers and clouds)
duǒ	躲	to hide
duō	多	many
dùzi	肚子	belly, abdomen
è	饿	hungry
é (tóu)	额 (头)	forehead
èr	二	two
ěr (duo)	耳 (朵)	ear
érzi	儿子	son
fà	髮	hair
fā (chū)	发 (出)	to send out
fādǒu	发抖	to tremble, to shiver
fāguāng	发光	glow
fàn	饭	cooked rice, a meal
fǎnduì	反对	oppose
fàng	放	to put, to let out
fāng (xiàng)	方 (向)	direction
fángjiān	房间	room
fàngqì	放弃	to give up, surrender

fàngsōng	放松	to relax
fàngxià	放下	to lay down
fāngzhàng	方丈	abbot
fángzi	房子	house
fāshāo	发烧	fever
fāshēng	发生	to occur
fāxiàn	发现	to find out
fēi	飞	to fly
fēicháng	非常	very much
fèn	份	(measure word for documents, meals, jobs)
fēn	分	to share, to divide
fēnchéng	分成	divided into
fēng	封	(measure word for letters, mail)
fēng	风	wind
fēnkāi	分开	separate
fénmù	坟墓	grave
fènnù	愤怒	anger
fó	佛	Buddha, buddhism
fófǎ	佛法	Buddha's teachings
fójiào	佛教	Buddhism
fózǔ	佛祖	Buddhist teacher
fù	付	to pay
fù (qīn)	父（亲）	father
fù (rén)	妇（人）	lady, madam
fùjìn	附近	nearby
fùmǔ	父母	parents
gāi	该	ought to
gǎi (biàn)	改（变）	to change
gài (zi)	盖（子）	cover
gǎimíng	改名	renamed

gǎn	赶	to chase away
gān	干	dry
gān (zi)	杆 (子)	pole for carrying
gāng (gāng)	刚 (刚)	just
gānjìng	干净	clean
gǎnjué	感觉	to feel
gǎnxiè	感谢	to thank
gào	告	to sue
gāo	高	tall, high
gàosù	告诉	to tell
gāoxìng	高兴	happy
gè	个	(measure word, generic)
gēge	哥哥	elder brother
gěi	给	to give
gēn	根	(measure word for long thin things)
gēn (zhe)	跟 (着)	with, to follow
gēng	更	more
gèng	更	even , watch (2-hour period)
gōng (diàn)	宫 (殿)	palace
gōngjī	攻击	to attack
gōngjiàng	工匠	artisan, craftsman
gǒngmén	拱门	arch
gōngzuò	工作	work, job
gōu	钩	hook
gǔ	古	ancient
gǔ (tóu)	骨 (头)	bone
guà	挂	to hang
guǎizhàng	拐杖	staff, crutch
guān	关	to turn off, to close, to lock up
guānyú	关于	about

gūdú	孤独	lonely
guì	贵	expensive
guì	跪	to kneel
gǔn	滚	to roll
guò	过	to pass, (after verb to indicate past tense)
guó (jiā)	国（家）	country
guǒ (zi)	果（子）	fruit
guòlái	过来	to come
guòqù	过去	past, to pass by
guòyè	过夜	to stay overnight
gùshì	故事	story
hái	还	still, also
hǎi	海	ocean, sea
hái yǒu	还有	and also
hàipà	害怕	fear, scared
háishì	还是	still is
háizi	孩子	child
hǎn (jiào)	喊（叫）	to call, to shout
hǎo	好	good, very
hǎoduō	好多	many
hǎoxiàng	好像	to like
hǎoxīn	好心	kind
hé	合	to combine, to join
hé	和	and, with
hé	河	river
hē	喝	to drink
hēi	嘿	hey!
hēi (sè)	黑（色）	black
hēi'àn	黑暗	dark
hěn	很	very

héshang	和尚	monk
hóng	红	red
hóng (sè)	红（色）	red
hòu	后	after, back, behind
hóu (zi)	猴（子）	monkey
hòulái	后来	later
hòumiàn	后面	behind
huà	画	to paint, painting
huà	话	word, speak
huā	花	flowers
huài	坏	bad, broken
huán	环	ring
huán	还	to return
huǎng	谎	lie
huáng (sè)	黄（色）	yellow
huángdì	皇帝	emperor
huānyíng	欢迎	welcome
huāpíng	花瓶	vase
huāxiāng	花香	floral scent
huāyuán	花园	garden
huí	回	to return
huì	会	will, to be able to
huī	灰	gray, dust, ash
huǐ (huài)	毁（坏）	to smash, to destroy
huídá	回答	to reply
huīfù	恢复	to recover
huǐhuài	毁坏	to smash, to destroy
huílái	回来	to come back
húlí	狐狸	fox
hūnlǐ	婚礼	wedding
huò (zhě)	或（者）	or

húsūn	猢狲	ape
hùxiāng	互相	each other
jì	系	to tie
jǐ	几	several
jī	击	to hit
jì (dé)	记（得）	to remember
jì qǐ	记起	remember
jǐ tiān	几天	a few days
jī zhòng	击中	hit
jiǎ	假	fake
jiā	家	family, home
jiàn	件	(measure word for clothing, matters)
jiàn	剑	sword
jiān	间	(measure word for room)
jiàn (miàn)	见（面）	to see, to meet
jiǎnchá	检查	to inspect, examination
jiǎndān	简单	simple
jiǎng	讲	to speak
jiāng	将	shall
jiānyù	监狱	prison
jiào	叫	to call, to yell
jiǎo	脚	foot
jiāo	教	to teach
jiāohé	交合	to mate
jiǎoluò	角落	corner
jiàozuò	叫做	called
jíbié	级别	level or rank
jiē (guò)	接（过）	to take
jiéhūn	结婚	to marry
jiéshù	结束	end, finish

jìhuà	计划	plan
jìn	近	close
jìn	进	to advance, to enter
jīn (sè)	金（色）	golden
jīn gū bàng	金箍棒	golden hoop rod
jīndǒu	筋斗	somersault
jǐng	井	well
jīng	经	scripture, holy book
jīng (shén)	精（神）	spirit
jīngguò	经过	after, through
jīngshū	经书	scripture, holy book
jìngzuò	静坐	to sit still, to meditate
jìnlái	进来	to come in
jīntiān	今天	today
jīnwǎn	今晚	tonight
jíshǐ	即使	even though
jiù	就	just, right now
jiù	救	to save, to rescue
jiǔ	久	long
jiǔ	酒	wine, liquor
jíxiáng	吉祥	auspicious
jìxù	继续	to carry on
jù	句	(measure word for word, sentence)
jù (dà)	巨（大）	huge
jǔ (qǐ)	举（起）	to lift
juédé	觉得	to feel
juédìng	决定	to decide
jūgōng	鞠躬	to bow down
jùjué	拒绝	to refuse
jūnduì	军队	army

jǔxíng	举行	to hold
kāishǐ	开始	to begin
kāixīn	开心	happy
kàn	看	to look
kǎn	砍	to cut
kàn kàn	看看	have a look
kàn qǐlái	看起来	it looks like
kānhù	看护	to care for
kě	渴	thirst
kē	棵	(measure word for trees, vegetables, some fruits)
kē	颗	(measure word for small objects)
kě'ài	可爱	lovely, cute
kělián	可怜	pathetic
kěnéng	可能	maybe
kěpà	可怕	frightening, terrible
kěshì	可是	but
kěyǐ	可以	can
kōng (qì)	空 (气)	air, void, emptiness
kòngzhì	控制	control
kǒu	口	mouth, (measure word for people in villages, families)
kòutóu	叩头	to kowtow
kū	哭	to cry
kuài	块	(measure word for chunks, pieces)
kuài	快	fast
kuài diǎn	快点	hurry up
kuàiyào	快要	about to
kuān	宽	width
kùn	困	to trap
lā	拉	to pull

lái	来	to come
láihuí	来回	round, back and forth
lǎma	喇嘛	lama
lán (sè)	蓝(色)	blue
láng	狼	wolf
lǎo	老	old
lǎohǔ	老虎	tiger
lǎoshī	老师	teacher
lǎoshǔ	老鼠	mouse
le	了	(indicates completion)
léi (shēng)	雷(声)	thunder
lěng	冷	cold
lǐ (miàn)	里(面)	inside
liǎ	俩	both
lián	连	even, to connect
liǎn	脸	face
lián (huā)	莲(花)	lotus
liáng	梁	beam, rafter
liàng	亮	bright
liǎng	两	two, Chinese ounce
líkāi	离开	to leave
lìliàng	力量	strength
límíng	黎明	dawn
lìng (wài)	另(外)	other, another, in addition
liú	流	to flow
liù	六	six
liú (xià)	留(下)	to keep, to leave behind, to stay
liǔ shù	柳树	willow
lóngzi	笼子	cage
lóu	楼	building, floor of a building
lù	路	road

lù	露	to reveal, to expose, dew
lǜ (sè)	绿（色）	green
lǚtú	旅途	journey
ma	吗	(indicates a question)
mǎ	马	horse
máfan	麻烦	trouble
mái	埋	to bury
màn	慢	slow
mǎn	满	full
mào (zi)	帽（子）	hat
máobǐ	毛笔	writing brush
mǎshàng	马上	immediately
méi	没	no, not have
měi	每	each, every
měi (lì)	美（丽）	handsome, beautiful
méi (mao)	眉（毛）	eyebrow
méi wèntí	没问题	it's ok, no problem
méiguānxì	没关系	it doesn't matter
mèimei	妹妹	younger sister
méishì	没事	nothing, no problem
méiyǒu	没有	no, not have
men	们	(indicates plural)
mén	门	door, gate
miàn	面	side, surface, noodles, (measure word for flat things)
miànqián	面前	in front
miào	庙	temple
míng (zì)	名（字）	first name, name, (measure word for an occupation or profession)
míngbái	明白	to understand, clear
míngliàng	明亮	bright
mìnglìng	命令	command

míngtiān	明天	tomorrow
mò	墨	ink
mó (fǎ)	魔（法）	magic
móguǐ	魔鬼	demon
mù (tou)	木（头）	wood
mǔqīn	母亲	mother
mùyú	木鱼	wooden fish
ń, en, èn	嗯	well, um
ná	拿	to take
nà	那	that
nǎ	哪	which
ná qǐ (lái)	拿起（来）	to pick up
nàlǐ	那里	there
nǎlǐ	哪里	where
nàme	那么	so then
nán	南	south
nán	难	difficult, rare
nánhái	男孩	boy
nàxiē	那些	those ones
nàyàng	那样	that way
ne	呢	(indicates question)
néng	能	can
nǐ	你	you
nián	年	year
niàn	念	to recite
niánjì	年纪	age
niánqīng	年轻	young
niǎo	鸟	bird
nóngtián	农田	farmland
nǚ	女	female
nuǎn	暖	warm

nǚ'ér	女儿	daughter
nǚhái	女孩	girl
nǔlì	努力	work hard
ó, ò	哦	oh?, oh!
pà	怕	afraid
pái (zi)	牌（子）	sign
pàng	胖	fat
pánzi	盘子	plate
pǎo	跑	to run
pèng	碰	to touch
péngyǒu	朋友	friend
piàn	片	(measure word for flat objects)
piāo (zǒu)	漂（走）	to drift away
piàoliang	漂亮	beautiful
pífū	皮肤	human skin
pùbù	瀑布	waterfall
púrén	仆人	servant
púsà	菩萨	bodhisattva, buddha
qí	骑	to ride
qì	气	gas, air, breath
qǐ	起	from, up
qī	七	seven
qī	漆	lacquered, paint
qián	前	in front, before, side
qiān	千	thousand
qiān	牵	to lead
qiáng	墙	wall
qiáng	强	strong, powerful
qiángdào	强盗	bandit
qiánmiàn	前面	in front
qiāo (jī)	敲（击）	to knock, to strike

qǐchuáng	起床	to get out of bed
qídǎo	祈祷	prayer
qiēduàn	切断	cut off
qíguài	奇怪	strange
qìguān	器官	organ (of body)
qǐlái	起来	(after verb, indicates start of an action)
qīn'ài de	亲爱的	dear
qǐng	请	please
qīng	清	clear
qīng	轻	lightly
qíngkuàng	情况	situation
qǐngqiú	请求	request
qīngshēng	轻声	speak softly
qǐngwèn	请问	excuse me
qìpào	气泡	bubble
qítā	其他	other
qiú	求	to beg
qiū (tiān)	秋（天）	autumn
qízhōng	其中	among them
qīzi	妻子	wife
qù	去	to go
qǔ	取	to take
quán	全	complete
quán (tóu)	拳（头）	fist
qùdiào	去掉	remove, get rid of
qún	群	group, (measure word for group)
ràng	让	to let, to cause
ránhòu	然后	then
rè	热	heat
rén	人	person, people

réncí	仁慈	kindness
rēng	扔	to throw
rènhé	任何	any
rénjiān	人间	human world
rènwéi	认为	to believe
rì (zi)	日（子）	day, days of life
róngyì	容易	easy
ròu	肉	meat, flesh
rù	入	to enter, into
ruǎn	软	soft
rúguǒ	如果	if
sān	三	three
sēng (rén)	僧（人）	monk
sēnlín	森林	forest
shā	杀	to kill
shān	山	mountain
shàn (zi)	扇（子）	fan
shǎndiàn	闪电	lightning
shāndǐng	山顶	mountain top
shàng	上	on, up
shàngchuáng	上床	go to bed
shānghài	伤害	harm
shāo	烧	to burn
shāoxiāng	烧香	to burn incense
shēn	伸	to stretch
shēn	深	late, deep
shēn	身	body
shén (xiān)	神（仙）	spirit, god
shēng (huó)	生（活）	life, born
shēng (yīn)	声（音）	sound
shēngbìng	生病	sick

shēngmìng	生命	life
shēngqì	生气	anger
shēngzhǎng	生长	to grow
shéngzi	绳子	rope
shénme	什么	what
shénme yàng	什么样	what kind of
shēntǐ	身体	body
shénxiān	神仙	immortal
shétou	舌头	tongue
shí	十	ten
shì	是	is, yes
shì	试	to taste, to try
shí (hòu)	时 (候)	time, moment, period
shì (qing)	事 (情)	thing
shí (tou)	石 (头)	stone
shì (yuàn)	誓 (愿)	vow
shìbīng	士兵	soldier
shīfu	师父	master
shìjiè	世界	world
shíwù	食物	food
shīzōng	失踪	missing
shòu	兽	beast
shǒu	手	hand
shǒubì	手臂	arm
shòudào	受到	to receive, to suffer
shǒulǐng	首领	chief, leader
shǒuwèi	守卫	to guard
shǒuzhǐ	手指	finger
shù	树	tree
shū	书	book
shū	输	to lose

shuāng	双	a pair
shūcài	蔬菜	vegetable
shūfú	舒服	comfortable
shuǐ	水	water
shuí	谁	who
shuì (jiào)	睡（觉）	to sleep
shuǐchí	水池	pool
shuǐguǒ	水果	fruit
shùlín	树林	forest
shùmù	树木	trees
shuō (huà)	说（话）	to say
shuōhuǎng	说谎	to lie
sì	四	four
sǐ	死	die
sī	丝	silk
sì (miào)	寺（庙）	temple
sīchóu	丝绸	silk cloth
sòng (gěi)	送（给）	to give a gift
sōng kāi	松开	to release
sōng shù	松树	pine
suì	岁	years of age
suì	碎	to break up
suǒ	锁	lock, to lock
suǒyǐ	所以	so, therefore
suǒyǒu	所有	all
sùshí	素食	vegetarian food
tǎ	塔	tower
tā	他	he, him
tā	她	she, her
tā	它	it
tái	抬	to lift up

tài	太	too
táitóu	抬头	to look up
tàiyáng	太阳	sunlight
tàizǐ	太子	prince
tán	谈	to talk
tánxiāng	檀香	sandalwood
táo (zi)	桃（子）	peach
táopǎo	逃跑	to run away
téngwàn	藤蔓	vine
tī	踢	to kick
tián	甜	sweet
tiān	天	day, sky
tiāndì	天地	heaven and earth
tiānqì	天气	weather
tiānshàng	天上	heaven
tiāntáng	天堂	heaven
tiáo	条	(measure word for narrow, flexible things)
tiào	跳	to jump
tiàowǔ	跳舞	to dance
tīng	听	to listen
tíng (zhǐ)	停（止）	to stop
tíng (zi)	亭（子）	pavilion
tīng shuō	听说	it is said that
tíngliú	停留	to stay
tóng	同	same
tóng	铜	copper
tòng (kǔ)	痛（苦）	pain, suffering
tōng xiàng	通向	lead to
tóngshí	同时	in the meantime
tóngyì	同意	to agree

tóu	头	head, (measure word for animal with big head)
tōu	偷	to steal
tóufà	头发	hair
túdì	徒弟	apprentice
tǔdì	土地	land
tūn	吞	to swallow
tuō (xià)	脱（下）	to take off clothes
tūrán	突然	suddenly
wài (miàn)	外（面）	outside
wán	玩	to play
wàn	万	ten thousand
wǎn	晚	late, night
wǎn	碗	bowl
wǎnfàn	晚饭	dinner
wáng	王	king
wàng	望	see
wǎng	往	to
wàng (jì)	忘（记）	to forget
wéi	围	surround
wèi	为	for
wèi	位	place, (measure word for people, polite)
wěibā	尾巴	tail
wěidà	伟大	great
wèidào	味道	taste, smell
wèishénme	为什么	why
wèn	问	to ask
wěn	吻	to kiss
wēnnuǎn	温暖	warm
wénshū	文书	written document
wèntí	问题	problem, question

wò	握	grip
wǒ	我	I, me
wú	无	no, without
wù	悟	to realize, to understand
wǔ	五	five
wù (qì)	雾（气）	fog, mist
wū (zi)	屋（子）	small house, room
wúchǐ	无耻	wretched, shameless
wǔqì	武器	weapon
xǐ	洗	to wash
xī	西	west
xià	下	down, under
xià	吓	frightened
xiān	先	first
xiàng	像	like, to resemble
xiàng	向	towards
xiǎng	响	loud
xiǎng	想	to want, to miss, to think of
xiāng	香	fragrant, incense
xiǎng yào	想要	would like to
xiǎngfǎ	想法	thought
xiàngshàng	向上	upwards
xiàngwǎng	向往	to yearn for
xiāngxìn	相信	to believe, to trust
xiāngyù	相遇	to meet
xiānhuā	鲜花	fresh flowers
xiànjǐng	陷阱	trap
xiānshēng	先生	sir, gentleman
xiànzài	现在	just now
xiào	笑	to laugh
xiǎo	小	small

xiǎo jiě	小姐	Miss
xiāoshī	消失	to disappear
xiǎoxīn	小心	careful
xiàtiān	夏天	summer
xiázhǎi	狭窄	narrow
xiě	写	to write
xiē	些	some
xié ('è)	邪（恶）	evil
xié (zi)	鞋（子）	shoe
xièxiè	谢谢	thank you
xǐhuān	喜欢	to like
xìn	信	letter
xīn	心	heart/mind
xíng	行	to travel, to walk, OK
xínglǐ	行李	luggage
xìngqù	兴趣	interest
xīngxīng	星星	star
xíngzǒu	行走	to walk
xiōngdì	兄弟	brother
xiūxí	休息	to rest
xīwàng	希望	to hope
xuǎn (zé)	选（择）	to select, to choose
xuānbù	宣布	to announce
xuányá	悬崖	cliff
xǔduō	许多	many
xūyào	需要	to need
yá (chǐ)	牙（齿）	tooth, teeth
yàn (huì)	宴（会）	feast, banquet
yǎn (jīng)	眼（睛）	eye
yáng	阳	masculine principle in Daoism
yàngzi	样子	to look like, appearance

yǎnlèi	眼泪	tears
yánsè	颜色	color
yánwù	延误	delay
yánzhe	沿着	along
yào	药	medicine
yào	要	to want
yǎo	咬	to bite, to sting
yáo (dòng)	摇（动）	to shake or twist
yāodài	腰带	belt
yàofàn	要饭	to beg for food
yāoguài	妖怪	monster
yè	叶	leaf
yě	也	also, too
yèwǎn	夜晚	night
yī	一	one
yī (fu)	衣（服）	clothes
yìbān lái shuō	一般来说	generally speaking
yìdiǎn	一点	a little
yídìng	一定	must
yǐhòu	以后	after
yīhuǐ'er	一会儿	a while
yǐjīng	已经	already
yīn	阴	feminine principle in Daoism
yín (zi)	银（子）	silver
yíng	赢	to win
yìng	硬	hard
yīng	鹰	hawk, eagle
yíngdì	营地	camp
yīnggāi	应该	should
yīnwèi	因为	because
yìqǐ	一起	together

yǐqián	以前	before
yíqiè	一切	everything
yìshēng	一生	lifetime
yìsi	意思	meaning
yǐwéi	以为	to think, to believe
yíxià	一下	a bit, a short quick action
yìxiē	一些	some
yíyàng	一样	same
yìzhí	一直	always, continuously
yòng	用	to use
yǒngyuǎn	永远	forever
yóu	油	oil
yóu	游	to swim, to tour
yòu	又	again, also
yòu	右	right (direction)
yǒu	有	to have
yǒumíng	有名	famous
yóurén	游人	traveler, tourist
yǒuzuì	有罪	guilty
yú	鱼	fish
yù	玉	jade
yǔ	雨	rain
yù (dào)	遇（到）	encounter, meet
yuán	圆	circle, round
yuǎn	远	far
yuàn (yì)	愿（意）	willing
yuánliàng	原谅	to forgive
yuànzi	院子	courtyard
yuè (liang)	月（亮）	month, moon
yún	云	cloud
yùnqì	运气	luck

zá (suì)	砸（碎）	to smash
zài	再	again
zài	在	in, at
zài yìqǐ	在一起	together
zàijiàn	再见	goodbye
zāng	脏	dirty
zào	造	to make
zǎo (yìdiǎn)	早（一点）	early
zǎo (zi)	枣（子）	date, jujube
zǎofàn	早饭	breakfast
zǎoshang	早上	morning
zěnme	怎么	how
zěnme bàn	怎么办	how to do
zěnmele	怎么了	what's wrong
zhài	债	debt
zhāi	摘	to pick
zhàn	站	to stand
zhàndòu	战斗	fighting
zhǎng	长	to grow
zhāng	张	(measure word for pages, flat objects)
zhāng	章	chapter
zhàngfū	丈夫	husband
zhǎnglǎo	长老	chief elder
zhànshì	战士	warrior
zhào	照	according to
zhǎo	找	to search for
zhǎo bú dào	找不到	search but can't find
zhǎo máfan	找麻烦	to make trouble
zhǎodào	找到	found
zhàogù	照顾	to take care of

zhe	着	(indicates action in progress)
zhè	这	this, these
zhème	这么	so
zhèn	阵	(measure word for short-duration events)
zhēn	真	true, real
zhèng	正	correct, just
zhèng (shū)	证（书）	license, certificate
zhèng (zài)	正（在）	(-ing)
zhēnglùn	争论	to argue
zhēnshi	真是	really
zhèyàng	这样	so
zhí	直	straight
zhǐ	只	only
zhī	只	(measure word for animals)
zhǐ	纸	paper
zhī	支	(measure word for stick-like things, armies, songs, flowers)
zhídào	直到	until
zhīdào	知道	to know
zhīhòu	之后	after
zhǐhuī guān	指挥官	commander
zhǐyào	只要	as long as
zhòng	重	heavy, hard
zhǒng	种	(measure word for kinds of creatures, things, plants)
zhōng	中	in, middle
zhōng	钟	bell
zhòng (dì)	种（地）	farming, to plant
zhú	竹	bamboo
zhù	住	to live, to hold
zhǔ	煮	to cook

zhū	猪	pig
zhù (zi)	柱 (子)	pillar, post
zhuā (zhù)	抓 (住)	to arrest, to grab
zhuǎn	转	to turn
zhuān (tóu)	砖 (头)	brick
zhuǎnshēn	转身	turn around
zhūbǎo	珠宝	jewelry
zhùfú	祝福	blessing
zhǔnbèi	准备	ready, to prepare
zhuō (zi)	桌 (子)	table
zhǔyì	主意	idea, plan, decision
zì	字	written character
zìjǐ	自己	oneself
zǐxì	仔细	careful
zǒu	走	to go, to walk
zúgòu	足够	enough
zuǐ	嘴	mouth
zuì (xíng)	罪 (行)	crime
zuì hǎo	最好	the best
zuǐchún	嘴唇	lip
zuìhòu	最后	last, at last
zuìxíng	罪行	crime
zūn (jìng)	尊 (敬)	respect
zuò	做	to do
zuò	坐	to sit
zuò	座	seat, (measure word for mountains, temples, big houses, ...)
zuǒ	左	left (direction)
zuó wǎn	昨晚	last night
zuǒyòu	左右	approximately
zǔzhǐ	阻止	to stop, to prevent

About the Authors

Jeff Pepper (author) is President and CEO of Imagin8 Press, and has written dozens of books about Chinese language and culture. Over his thirty-five year career he has founded and led several successful computer software firms, including one that became a publicly traded company. He's authored two software related books and was awarded three U.S. patents.

Dr. Xiao Hui Wang (translator) has an M.S. in Information Science, an M.D. in Medicine, a Ph.D. in Neurobiology and Neuroscience, and 25 years experience in academic and clinical research. She has taught Chinese for over 10 years and has extensive experience in translating Chinese to English and English to Chinese.

9 781952 601934